모두
다른 아버지

모두
다른
아버지

이주란 소설

민음사

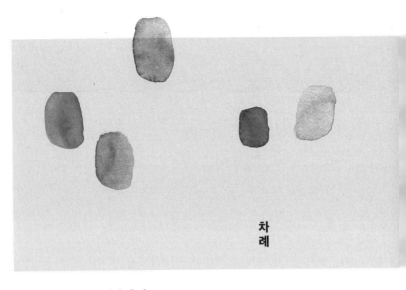

차
례

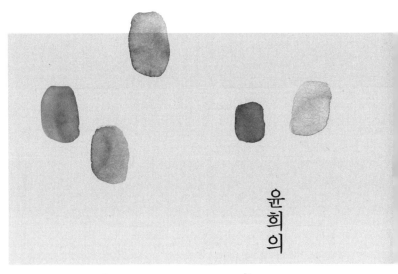

윤희의

휴일

윤희는 공공기관의 로고가 찍힌 수첩이 여러 개 있었고 전부터 거기에 화났던 일과 좋았던 일을 적어 왔다. 그 수첩들은 오래전 자신을 취재한 기자에게서 받은 것이었다. 덕분에 그날 윤희는 좋았던 일부터 적을 수 있었다.

5/5 기자 언니에게 수첩을 많이 받음.

윤희는 그 기자 언니와의 인터뷰 후 혼자가 아니라는 생각에 삶을 살아갈 어떤 힘이 생겼고 그래서 기분이 매우 좋았지만 그냥 이렇게 간단하게 썼다. 노트가 아닌 수첩을 받았기 때문이었는데, 다행히 그것은 좋은 방법이었다. 화나는 일도 간단히 쓰게 되었기 때문이다. 그러면 그 일들은 실제로 간단해지는 것 같았다. 윤희의 수첩에는 좋았던 일보다 화나는 일들이 세 배쯤 많았다. 윤희는 작은 일에 더 분노하는 타입의 인간이었다.

　윤희는 특히 버스에서 화가 나는 경우가 많았다. 윤희가 매일 이용하는 60-3번 버스는 늘 난폭 운전을 하거나 정류장에 서 있는 윤희를 태우지 않고 지나갔다. 버스에는 술에 취한 사람들이 많았고 술 냄새보다 더 오묘한 악취가 풍겼다. 버스는 영등포에서 대명항까지 운행했는데 말하자면 딱 그만큼의 냄새를 싣고 달리는 셈이었다. 윤희는 늘 버스 안에서 사고로 죽는 상상을 했다. 자신이 언제 죽든 삶에 대해 일말의 미련도 없었는데 어떨 때는 죽는 게 두려웠고 그러면 차라리 얼른 죽고 싶어졌다. 그러나 마지막엔 역시 딸 생각이 발목을 붙잡았으며 죽는 상상을 했다는 것 자체로 오래 자책했다. 윤희는 자책을 많이 했다. 윤희는 화가 날 때도 자책했다. 버스가 싫으면 택시를 타든지 차를 사면 될 텐데 그게 안 되는 건 모두 자기 탓이라고 생각했던 것이다. 다른 것을 탓하지 않고 자기를 탓하면 마음이 편했다. 다행히 윤희는 그런 생각들을 버스 안에서만 했다.

　하루에 두 번 윤희는 버스에서 내렸다. 윤희는 아라뱃길에 위치한 추어탕집에서 일했는데 타는 사람도 내리는 사람도 거의 없는 평교 다리 위에서 윤희는 하루 두 번, 내리거나 탔다.
　추어탕집에서 윤희는 서빙을 했다. 서빙이라면 윤희는 자신이 있었다. 서울에 올라왔을 때 제일 처음 한 일도 서빙이었고 고향 시내에서 하던 아르바이트도 서빙이었다. 윤희의 쟁반 위에 담긴 음식의 종류만 달라졌을 뿐이었다. 가볍고 예쁜 것들을 서빙하면 적은 돈을 받았기 때문에 윤희는 자꾸만 다른 것들을 서빙했다.

그래도 윤희는 돈이 없었다. 서울에 올라와 번 돈 전부를 전남편의 빚을 갚는 데 써 버렸기 때문이다. 윤희는 살림살이를 거의 다 버리고 다섯 평짜리 단칸방으로 딸과 함께 이사했다. 월세는 보증금 100에 20이었는데 그마저도 감지덕지한 상황이었다. 이혼을 할 때는 10년 전에 연락이 끊겼던 대학 선배 둘이 보증을 서 주었다. 가게 사장과 기자 언니를 오래 알고 지냈지만 막상 이혼할 땐 말을 못 했다. 그 둘 중 한 명은 대학 시절 윤희와 사귀었던 남자였는데 순천에서 올라와 보증을 서 주고는 현금 100만 원을 주고 갔다. 윤희는 그 일을 두고 좋았던 일에 써야 할지, 화나는 일에 써야 할지 몰라 한참을 망설이다가 좋았던 일에 썼다.

그날은 퇴근길에 비가 왔다. 버스가 신호를 받아 잠시 정차했을 때 윤희는 창밖을 바라보았다. 저기 길 건너 'Honey And Puppy'라는 애견 숍 앞에 우산 세 개가 나란히 쇼윈도 안의 강아지들을 바라보고 있었다. 윤희는 저 우산 세 개 중에 하나가 자신이었으면 좋겠다고 생각했다. 천천히 걸으면서 무언가를 구경해 본 지가 언제였던가, 윤희는 골똘히 생각했지만 잘 기억나지 않았다. 윤희는 늘 목적지를 향해서만 빨리 걸었다. 봄이어서 날씨가 정말 좋을 때는 조금 서글펐다.

윤희의 딸은 윤희가 올 때까지 집에서 혼자 밥도 먹고 텔레비전도 봤다. 당연한 일이다. 그 시간까지 놀아 주는 친구는 없다. 반투명으로 된 유리문 하나를 사이에 두고 윤희의 딸은 세상에 놓여 있었다. 겁이 많은 아이. 문에 달력이며 포스터며 이것저것 붙여 놓긴 했지만 불안이란 모두 그 문 때문인 것 같다.

봄비가 밤새 내린 다음 날.

윤희는 이불 속에서 딸을 끌어안은 채 나오지 않고 있었다. 오랜만의 늦잠이었다. 윤희의 휴무일은 한 달에 두 번, 화요일이었는데 그때마다 윤희의 딸은 학교에 가지 않고 윤희와 시간을 보냈다. 그렇다고 특별한 것을 하는 건 아니었다.

뭐 먹고 싶어?

윤희가 물었더니,

스파게티!

하고 윤희의 딸이 답했다.

세수 안 하고 갔다 와서 빨리 해 줄게.

윤희가 말했더니,

엄마, 더러워!

윤희의 딸이 웃으면서 말했다.

윤희는 정말로 세수도 안 하고서 집을 나섰다. 면은 지난번에 사 둔 게 남아서 소스만 사 오면 되는 거였는데, 6000원씩하는 소스가 세일 행사를 해서 3500원에 팔고 있었다. 윤희는토마토소스를 사고 1인분의 양이 담긴 피자 치즈와 콜라 한 캔을 샀다.

돌아오는 길에 보니까 집 앞에 남 씨 할아버지가 나와 있었다.

오늘 쉬는 날인가?

안녕하세요.

뭐 해 먹게?

스파게티 먹고 싶다고 해서요.

응. 애가 노래를 잘해.

죄송해요, 할아버지.

듣기 좋아.

조심시킬게요.

아냐. 진짜 잘해.

…….

나 가수 하려고 했었잖아. 실력이 어떤지는 내가 잘 알지.

할아버지.

잘해. 어여 들어가.

네.

윤희는 고개를 꾸벅 숙여 인사를 하고 들어왔다. 가린다고가렸지만 반투명 유리문 밖으로 남 씨 할아버지가 앉아 있는 것이 느껴졌다. 윤희는 사 온 것들을 가스레인지 위에 올려 두고 방으로 들어왔다.

「낭만 고양이」 불렀어?

윤희의 딸이 고개를 끄덕이고선 노래를 시작하려고 해서 윤희가 얼른 쉿, 하면서 딸의 입을 막았다. 윤희의 딸은 어디서 그 노래를 듣고 와선 매일 그것만 불렀다. 아직 어리니까 연습을 많이 한다면 나아질 수 있을지도 모르지만 현재로선 가능성이 없어 보였다.

윤희의 집과 남 씨 할아버지의 집은 원래 한집이었던 것을 나눈 탓에 벽이 얇았는데 안 그래도 방음이 잘 안 되는 낡은 다세대주택인데다 그런 상황까지 겹쳐 늘 조심하고 있었다. 남 씨 할아버지 방은 기침 소리 말곤 언제나 조용했다. 혼자니까 그랬다.

스파게티를 해 먹고서 윤희는 그림을 그리는 딸을 보며 벽에 기대 믹스 커피를 마시고 있었다. 윤희의 딸은 그림 그리는 것을 좋아했다. 윤희는 그림이라면 딸보다 자신이 없었기 때문에 늘 그런 딸을 바라보기만 했다. 딸이 마음 가는 대로 그리고 나서

엄마, 어때? 잘 그렸지?

그러면

응. 잘했다.

하는 게 전부였다. 미술 학원도 못 보내 주고 좋은 색연필도 못 사 주니까 윤희는 딸이 그림을 그리고 있으면 늘 마음 한 구

석이 좀 그랬다.

이제 수학 책 꺼내 봐, 엄마가 봐 줄게.

윤희는 딸의 성적에 관심을 보였고 초등학교 과정 정도는 자신이 있었다.

조금만 더 하고.

딸이 말하면 윤희는 괜히 걱정이 앞섰다. 공부라도 잘해야 나중에 밥은 먹고 살 텐데 하는 생각 때문이었다.

넌 엄마처럼 살면 절대 안 돼. 윤희는 속으로 생각했는데, 그 말을 딸에게 직접 듣게 되는 일은 없었으면 좋겠다고 생각했다.

윤희의 딸은 유치원에 다닐 때 벌에 쏘여 119에 실려 갔던 얘길 윤희에게 해 주면서 벌에 쏘인 자신을 그렸다. 나무 여러 그루에 벌집들이 매달려 있는 풍경을 그리면서

오각형?

하고 말했다. 윤희는 오각형을 그려 주긴 했지만 어쩐지 오각형 같지 않은 오각형을 그린 것 같아 조금 민망했다.

엄만 그림은 못 그리겠어.

그럼 엄만 뭘 잘해?

윤희는 서빙의 시옷까지 나온 것을 가까스로 참고 말했다.

스파게티!

윤희는 간신히 위기를 넘기고 딸에게 말했다.

우리 시옷으로 시작하는 단어 말하기 할래?

2주 뒤의 휴무일이었다. 윤희가 사는 다세대주택 앞으로 119
와 경찰차가 연이어 도착했다. 윤희는 무슨 일인가 나와 있다가
남 씨 할아버지의 시체를 봤다.

윤희는 매달 5일에 꼬박꼬박 집주인에게 방세를 송금해 왔
다. 지금껏 그것만큼은 한 번도 늦은 적이 없었는데 두 달 전부
터는 집주인이 직접 월세를 받으러 왔다. 윤희의 퇴근이 늦었으
므로 집주인이 찾아오는 시간도 11시가 넘은 밤이었다. 집주인
은 월세 날짜 전날 문자메시지를 보내왔다. '내일 오겠다'는 통
보였다. 윤희는 현금으로 월세를 찾아 문밖에서 집주인을 맞았
다. 유리문 안에는 윤희의 딸이 서 있었다. 근방에 다세대주택
여러 채를 소유한 집주인은 80대 할아버지였는데 5분 거리에
살았다.
　수급자 신청을 했는데 안 된 모양이더라고.
　집주인이 남 씨 할아버지 소식을 전했다.
　아무튼 이거 뭐 모르는 사람이나 들어오지, 알면 누가 들어와.
　그러면서 또 방이 안 나갈 걱정이나 하는 것이었다.

윤희는 지칠 때마다 집 근처 버스 정류장에서 매일 보는 아
주머니를 떠올렸다. 아주머니는 버스 정류장 옆에서 붕어빵을
팔았다. 3월에도 4월에도 붕어빵과 어묵을 팔기에 오래 파신다,
생각했는데 전에 남 씨 할아버지한테 들은 말로는 사계절 내내

붕어빵과 어묵을 판다는 것이었다.

비가 오나 눈이 오나 그 시간에 나와.

윤희는 그 말을 여러 번 되새김하면서 훗날 누군가 자신에 대해 그렇게 말할 수 있을까, 그런 사람이 될 수 있을까 궁금했다가 그럴 수 없을 것 같아 좌절했다. 그렇게 꾸준하게 사는 사람, 성실하게 자신의 삶을 사는 사람은 어떻게 하면 되는 걸까. 죽고 싶었다가 살고 그러다 또 죽고 싶어 하는, 매일매일 그러는 사람 말고, 말하자면 지금 같은 사람 말고.

윤희는 추어탕집이 신월동에 있을 때부터 아라뱃길로 옮긴 지금까지 꼬박 10년을 일했다. 윤희도 성실했지만 사장도 정 있는 사람이었다. 가게는 그사이 세 번 이사를 했고 윤희는 아이와 함께 네 번 이사했다. 어린 윤희가 더 어린 딸을 데리고 다니는 사정을 봐주는 곳은 거기밖에 없었다. 주방장 아주머니도 초등학생인 아이 둘을 데리고 출근했다. 자식이 하나도 아니고 둘이라니. 윤희는 아주머니의 삶이 자신의 삶보다 더 고단할 것 같다고 생각했다.

하나 더 있어. 예천에, 지 아빠랑.

가게에 딸린 작은 방에서 윤희의 딸은 언니, 오빠와 함께 자랐다. 어느새 커 버린 딸이 초등학교에 입학했는데도 윤희의 전남편은 돌아오지 않았다. 딸이 두 살이든 다섯 살이든 일곱 살이든 상관없이 그는 늘 없었는데 대신 빚쟁이들이 찾아와 윤희를 괴롭혔다.

윤희의 딸도 그날 일을 생생하게 기억하고 있었다. 빚쟁이들이 오기 며칠 전 오랜만에 아빠가 다녀갔기 때문이다. 아빠는 오자마자 돈 얘기를 했고 곧이어 윤희를 때리기 시작했다. 윤희의 딸은 찍소리도 내지 못했다. 윤희의 전남편은 윤희를 때리다가 윤희의 딸도 한 번 발로 걷어찼다.

씨팔. 이건 누구 새낀데?

윤희의 딸은 아빠의 발길질에 이불과 함께 방구석으로 밀려가서 거기서 또 가만히 있었다. 윤희가 뺨을 맞는지 머리를 맞는지 등을 맞는지, 윤희의 딸은 이제 소리로도 알 수 있었다. 이웃 주민의 신고로 경찰들이 다녀가고서 윤희는 아침까지 계속 맞았다. 소리를 내면 더 맞으니까 이를 악물고 참았다.

며칠 뒤 윤희는 오랜만에 휴대전화 목록을 보고서

번호가 바뀌었겠지.

생각하며 전화를 걸었다.

여보세요?

선배가 전화를 받았는데 윤희는 대답을 못 하고 울었다. 하도 말을 못 하고 울기만 해서 선배가 전화를 끊었는데 전부 울고 난 윤희가 다시 전화를 걸었다. 윤희는 그때 선배의 도움을 받아 이혼했다.

윤희가 전남편을 처음 만난 것은 건물 앞에서였다. 두 개의 건물이 마치 한 건물처럼 붙어 있었는데 윤희는 오른쪽 건물의 지하에 있다가 잠시 바람을 쐬러 올라온 상태였고 전남편은 왼쪽 건물의 지하에 있다가 잠시 나온 상태였다. 왼쪽 건물의 지하는 나이트클럽이었고 오른쪽 건물의 지하는 장례식장이었다. 뭐 저런 지하들이 있나 싶지만 그 지하들처럼 윤희는 전남편과 결혼까지 하게 되었다. 그가 윤희를 보고 반해 엄청난 애정 공세를 퍼부었던 것이다. 얼마나 춤을 춰 댔던지 건물 밖으로 나와 바람을 쐬며 땀을 닦던 윤희의 전남편은 그날 윤희의 볼에 흐르던 눈물까지 닦아 주었다. 윤희는 가족이 없었고 그냥 하루 이틀 같이 지낸 게 시작이었다.

그래도 그때 그가 없었다면 죽었을지도 몰라.

윤희는 가끔 고맙다고도 생각했다.

대학을 졸업할 때까지 윤희의 인생에는 별다른 일이 없었다. 윤희는 노는 걸 좋아하지 않았고 성공해서 남들보다 잘살려는 욕심을 부리지도 않았다. 어느 정도 공부해서 대학엘 갔고 졸업해서 아무 회사나 다니면 된다고 생각했다. 윤희의 친구들 중에는 대학을 졸업하고 다시 고향으로 돌아가 농사를 짓거나 부모님의 식당 일을 도우며 사는 경우도 많았기 때문에 윤희가 고향으로 돌아가지 않은 것만으로도 친구들은 윤희를 진취적인 편에 넣었다. 그리고 그때 윤희 자신도 그것에 동의했다. 윤희의 부모님은 노래방을 운영했는데 도우미를 쓰지 않아서 돈을 많이 벌지는 못했고 윤희가 고향으로 돌아가지 않은 것에는 가게 일을 도울 필요가 없었던 것도 한몫했다.

윤희는 졸업을 하고 몇 개월 놀다가 취업 전선에 뛰어들었다. 4학년 때부터 준비를 하긴 했지만 사실 졸업 후엔 마음껏 놀 수 없다는 생각에 하는 척만 했다. 그러던 중에 부모님이 윤희에게 강원도 여행을 제안했다. 동네 사람들이 다 같이 간다고, 윤희에게도 참석을 권한 것이었다.

동해는 남해랑 다르당께.

윤희는 강원도 여행을 일주일 앞두고 어느 회사에 취직을 하는 바람에 명단에서 빠졌다. 그리고 마을 사람들을 실은 관광버스는 정선에서 다리 아래로 굴렀다. 윤희의 부모님은 같은 날 그렇게 죽었고 윤희는 혼자가 되었다. 살아남은 사람들이 동네를 떠나기도 했고 죽은 사람들의 가족들이 동네를 떠나기도 했다. 윤희는 회사를 그만두었고 부모님의 전셋집과 노래방을 정리했다. 전남편이 혼자가 된 윤희의 곁에 있어 주었다. 말하자면 만나자마자, 윤희는 모든 것을 그에게 들켜 버린 것이었다.

내 인생은 내 인생이 아닌 것 같다.

윤희는 요즘 그런 생각을 자주 했다. 윤희는 모든 것이 겁났다. 딸이 자꾸만 자라는 것이 특히 그랬다. 삶에 간절함을 갖지 않는 태도가 다행히 윤희를 살게 하고 있었다.

점심시간에 한바탕 손님들을 치러 내고 마당으로 나왔다.

열무김치를 담가야 해서 열무를 다듬어야 했다. 주방 아주머니는 설거지를 마저 끝내야 해서 다듬는 건 윤희의 몫이었다. 눈앞에 펼쳐진 가짜 수로가 윤희는 마음에 들지 않았다. 아-아-아-악- 하는 긴 고함 소리가 들려왔다. 윤희는 열무를 다듬다 말고 고개를 들어 주변을 둘러봤다. 물길 건너편에서 한 무리의 사람들이 소리를 지르고 있었다. 한차례 다 같이 소리를 지르던 사람들은 이제 둘러앉아 이야기를 나누는 듯 보였다. 김밥을 나눠 먹는 것도 같았는데 정면으로 본 것은 아니라서 확실치는 않았다. 사람들은 다시 일어나서 소리를 질렀고 그와 같은 행동을 여러 차례 반복했다.

팔자 좋네.

윤희는 생각했다.

사랑한다.

윤희에게 문자메시지가 왔는데 집주인 할아버지였다. 윤희는 잘못 보내셨다고 답장을 보내려다가 혹시 민망할까 싶어서 그냥 못 본 걸로 하고 휴대전화를 집어넣었다. 잘 다듬어진 열무를 주방 아주머니가 씻었다. 아-아-아-악- 소리를 지르던 사람들은 윤희네 가게로 와 추어탕을 한 그릇씩 먹었다.

소리 지르기 동호회도 있어요?

사장이 계산을 하는 동호회 회장에게 웃으며 말했다.

화를 참았다가 같이 모였을 때 지르는 거예요. 미리 질러 놓으면 화가 났을 때 소리 안 질러도 되고요. 아, 여기 소리 지르기 정말 좋습니다.

회장이 말했다.

윤희는 그날 10시에 퇴근을 하고 버스 정류장으로 가기 위해 대형 물류 창고를 지나면서 소리를 질러 보았다. 윤희는 그날 수첩에 이렇게 적었다. 소리를 지름. 좋았던 일은 늘 화나는 일보다 더 간단했다.

엄마. 나 미술 학원 보내 줘.

윤희의 딸이 자다 깨서 윤희에게 말했다.

응. 일단 자자.

8년만 더 고생하면 전남편이 남겨 놓은 빚을 다 갚을 수 있었다. 8년…….

다음 날 아침에도 윤희의 딸은 윤희를 보챘다.

엄마, 학원 보내 줄 거야?

돌봄 교실에서 많이 하잖아.

더 하고 싶단 말이야.

집에서도 하면서 그래.

다른 애들은 다 다닌단 말이야!

윤희가 딸의 친한 친구 이름을 대면서 걔도 다녀? 걔도 다녀? 물었더니 윤희의 딸이 소리를 질렀다.

그래!

하다 보면 아무 생각이 안 드는 것. 윤희가 서빙을 좋아하는 이유였다. 몸이 힘들어서 밤엔 잠도 잘 왔다. 윤희는 잠을 자기 위해 서빙을 하는 것만 같았다. 하루 일당 중 2만 원씩은 빚을 갚는 데 쓰였다. 천천히 조금씩 결국 다 갚을 거야. 그때까지 딸이 아프지 않기를, 윤희는 기도했다.

이번 휴무일에 윤희는 오랜만에 기자 언니를 만나기로 했다. 윤희는 점심때 동네 패스트푸드점에서 딸에게 햄버거를 사 주고 함께 도서관에 가서 동화책을 보았다. 작은 도서관이었는데 사라질 뻔했던 게 주민들의 청원으로 겨우 다시 유지되고 있었다. 2층 테라스는 책을 보기에 정말 좋았다. 약속 시간이 다가와서 윤희가 일어나자고 했는데 윤희의 딸이 계속 있고 싶어 해서 시간이 지체되었다.

이럴 거면 오늘 그냥 학교나 갈걸 그랬잖아!

미안해. 엄마가 약속이 있어서 그래.

취소하면 되잖아!

윤희는 기분이 나빠졌다.

엄마도 가끔 바람도 쐬고 그래야지 너만 놀아?

윤희의 딸이 울기 시작했다.

햄버거 사 줬잖아!

윤희가 화를 냈다. 윤희의 딸은 오후 3시부터 윤희가 집에 돌아온 새벽 1시 30분까지 혼자 있었다.

윤희는 영등포에서 기자 언니를 만났다. 대부분 윤희가 먼저 와 기다리고 있으면 언니는 약속 시간을 조금 넘겨 반대편 횡단보도에 나타나 윤희가 있는 쪽으로 건너오곤 했다. 만날 때마다 언니의 얼굴은 밝았다가 어두웠다가 했는데 윤희의 얼굴은 늘 어두웠다.

언니. 술 마시러 가요.

윤희가 만나자마자 언니에게 술 이야기를 했다. 또 힘든 얘기를 하면 언니도 언젠가 자신에게 질릴 거라고 생각은 하면서도 윤희에겐 언니뿐이었다. 둘은 영등포 시장 쪽으로 걸었다.

살이 많이 빠졌네.

언니가 말했다.

시장 안쪽에 안주 하나에 2000원, 3000원 하는 실내 포장마차가 있었는데 거긴 늘 낮부터도 손님이 많았다. 윤희는 시장엘 들어서면서부터 늘어선 많은 것들 중 유독 통개에게 시선을 빼앗겼다. 단단하게 굳은 개의 감은 눈과 쭉 뻗은 다리들을 윤희는 오래 바라보았다. 어떤 개는 이빨을 드러낸 채 굳어 거기에 있었다.

이모. 여기 참이슬 두 병하고 조개탕이랑 부추전 주세요.

언니가 주문을 하고서 종이봉투를 내밀었다.

옷이네.

영수증 같이 넣었으니까 사이즈 안 맞으면 바꿔 입어.

고마워요, 언니.

얼마나 컸어?

130이래요.

아빠 안 찾아?

응.

그래. 안 아프면 됐지.

언니는요?

이혼하재, 씨팔.

정말?

나간 지 두 달 정도 됐어.

윤희와 기자 언니는 둘 다 술이 셌다.

인사치레는 집어치우고 마시자.

언니는 성격이 급했다.

언니. 나는 그 애가 좋으면서도 싫어요.

윤희가 말했다.

윤희와 기자 언니는 9년 전 처음 만났다. 윤희가 자신이 낳은 딸을 베이비 박스에 넣고 돌아서서 계단을 뛰어 내려왔을 때 언니가 윤희의 팔을 잡았다. 언니는 윤희에게 조심스럽게 인터뷰를 요청했고 윤희는 그것에 응했다. 인터뷰를 끝내고 윤희는 천천히 계단을 올랐다. 언니는 아이를 안고 나타난 윤희에게 명함과 수첩들 그리고 지갑을 꺼내 있는 현금을 전부 주었다. 언니는 울면서 윤희에게 미안하다고 말했다. 언니와의 인터뷰가 아니었다면 윤희의 딸은 그날 베이비 박스로 들어온 아이들의 돌림자였던 희 자를 써서 가희나 재희, 혹은 윤희와 이름이 같은 윤희가 되었을지도 모를 일이었다.

언니. 나는 그냥 살아요. 정말 그냥.

윤희가 술잔을 비웠다. 윤희는 시간이란 것이 어떻게 흘러서 자신의 딸이 벌써 아홉 살이나 된 건지 가끔 정말 믿을 수가 없었다. 요즘 애들은 그냥 크지 않는다는데 자신의 딸만은 그냥 혼자서 커 버린 느낌이었다.

그냥 계속 이렇게 80까지 사나요?

윤희가 물었다.

안 그러면 어떡할래?

언니가 물었다.

그냥 이대로 사는 게 싫으면, 그러면 죽는 수밖에는 없겠지?

윤희가 혼잣말처럼 물었더니,

응.

언니가 굳이 대답했다. 너무 정직한 말이어서 윤희는 고통스러웠다.

윤희는 거기서 새벽 1시까지 술을 마셨다. 한 번도 웃지 않았는데 운 것은 열 번도 넘었다. 다행히 뭐라고 한 사람은 없었다. 언니가 술값을 계산했고 둘은 다시 시장 골목을 걸었다. 봄 날씨가 정말 좋았다.

이제 곧 여름이다.

언니가 말했는데 윤희는 이제 곧 여름이 오든지 겨울이 오든지 전혀 상관없었다. 그런 건 상관없는데 딸이 더 자란다고 생각하면 너무나 두려웠다.

언니는 윤희에게 만 원을 주면서 택시를 타고 가라고 말했다. 그렇지 않아도 버스가 끊겨서 다른 방법이 없었다. 집 앞에서 내려 거스름돈을 넣으려고 지갑을 열었더니 10만 원이 들어 있었다. 언니가 언제 날 내치더라도 난 정말 할 말이 없어, 윤희는 생각했고 그러자 몹시 괴로워졌다.

딸은 자고 있었다. 깨지 않게 조용히 그냥 잘까 하다가 씻으러 욕실에 갔는데 변기에 구토를 한 흔적이 보였다. 윤희는 그것을 오래 바라보았다.

엄마 많이 늦어서 화났어?

아니.

윤희의 딸은 평소와 다르지 않았다. 윤희는 조금 멋쩍었다. 반찬거리가 없어서 라면 하나를 끓여 아침으로 대신했다.

대신 선물이 있지!

윤희의 딸이 입술을 오므려 면발을 빨아들이면서 눈을 동그랗게 떴다. 하지만 윤희는 언니가 준 딸애의 선물을 택시에 두고 내린 것 같았다. 윤희는 실망한 딸을 달래지도 못한 채 아침 돌봄 교실에 데려다주었다.

술이 덜 깬 것 같아 잠시 누웠는데 누군가 문을 두드렸다. 윤희는 벌떡 일어나 문에 대고 물었다.

누구세요?

난데요.

집주인이었다.

윤희는 잠시 문 앞에 섰다. 집주인이 다시 문을 두드렸고 윤희가 문을 열었더니 성큼 집 안으로 들어왔다.

커피 한잔 얻어먹으려고. 지나가다가.

윤희가 당황스러워서 자기도 모르게 뒷걸음질을 치는 바람에 집주인이 딱 그만큼 집 안으로 더 들어왔다. 윤희는 주전자에 물을 받아 끓였다. 단칸방이어서 어쩔 수 없이 방으로 들어온 집주인은 없는 살림살이를 꼼꼼히 살펴봤다. 80대였지만 정정했다. 윤희는 물이 끓는 동안 가스레인지 옆을 떠나지 않았고 물이 끓자 커피를 타서 집주인 앞에 놓아둔 뒤 집의 모든 창문을 열었다. 방의 한쪽 면은 전부 창이었다.

집에 뭐 불편한 건 없지요?

네.

집주인은 커피를 마시면서 윤희만 바라보았는데 윤희는 그게 어떤 뜻인지 몰랐다.

제가 출근을 해야 해서요.

아, 나도 가던 길이어서.

집주인은 자리에서 일어났다.

안녕히 가세요.

윤희는 집주인이 온전히 사라진 것을 확인하려고 창문을 조금 열고 그 틈을 유심히 바라보았다. 그리고 목을 길게 빼 골목을 도는 뒷모습까지 확인한 뒤에야 방으로 들어와 열었던 창문들을 모조리 잠가 버렸다.

윤희는 그날 오후 딸의 담임 선생님으로부터 전화를 받았다. 다음 휴무일 윤희는 학교엘 가야 했다. 전화를 끊자 주방 아주머니가 물었다.

누구야?

학교요.

아이고, 난 또.

늘 그렇듯 사장은 말이 없고 주방 아주머니는 말이 많았다.

윤희야. 네가 올해 몇이지?

알면서 저렇게 또 묻는 것이었다.

응? 몇이지?

서른둘이요.

한 살이라도 어릴 때 얼른 새로 가.

윤희는 대답이 없었다.

하자 좀 있는 놈으로 고르면 어려울 것도 없다.

아주머니는 윤희를 화나게 했고 윤희는 그날 밤에 그 얘길 수첩에 적었다.

윤희는 늘 혼란스러운 채로 나이를 먹어 왔다. 몇 가지 감정들을 스스로 처리하지 못한 채, 말하자면 체한 상태로 살아온 것이다. 윤희는 씩씩하지 못했고 쓰러지진 않았으나 자주 흔들렸다. 그러니까 윤희는 반투명 유리문 밖에서 보면 똑바로 서 있지 못하고 흐느적거리는 형태로 보일 것이었다. 윤희는 그런 자신을 조금은 알고 있었고 그 와중에 자신의 딸은 잘 자라 주고 있다고 생각했다. 그냥 이 정도면 됐다고 스스로를 위로했다. 윤희는 엄마로서의 역할을 최소한으로만 할 수 있었다. 가끔은 그것도 힘들었지만 그것을 둘러싼 모든 일들은 어쩔 수 없는 일이었다.

담임 선생님은 윤희에게 그림 한 장을 보여 주었다. 공주를 그린 것 같았는데 손가락이 스무 개도 넘었다. 그건 윤희의 딸이 그린 그림이었다.

아이가 손가락을 두 개만 그렸기에 다섯 개로 해 주자고 했더니 이렇게 그리더라고요.

윤희는 그게 무슨 뜻인지 잘 몰랐다.

분노 조절을 힘들어하는 경향이 있어요.

담임이 '경향'이라는 단어를 썼지만 윤희는 속뜻을 알아들을 수 있었다. 윤희의 딸은 학교에서 선생님과 친구들에게 공격적이고 늘 누군가를 놀리거나 비난한다고 했다.

집에서는 착하고 그래요.

윤희는 어쩐지 그렇게 말했다.

네. 착하고 잘 웃어요.

담임이 말했다. 그러나 결국엔 웃음이 많아서 처음에 그 애의 정서에 대해 헷갈렸다는 말로 끝맺었다. 자신의 딸이 집에서뿐만 아니라 밖에서도 혼자였을 거란 생각을 하자 윤희는 몹시 괴로웠다.

저 때문이에요.

윤희는 말했다.

어머님께서 더 많이 사랑해 주셔야 할 것 같아요.

담임은 자신도 더 노력하겠다고 덧붙였다. 윤희는 노력하겠다는 담임이 자기보다 낫다고 생각했다. 그리고 이런 자신이 어머님인 것이 싫었다.

밤 11시 30분.

윤희는 나무로 된 방문과 지저분한 반투명 유리문을 모두 꽉 잠그고 돌아섰다. 11시쯤 집에 도착해 30분 후 다시 집을 나선 것이었다. 윤희는 버스를 탔다. 버스를 탔는데 내려야 할 곳에서 내리지 못했다. 윤희는 다섯 정거장을 더 가서야 내렸다. 반대편 버스 정류장에서 윤희는 운 좋게 다시 버스를 탔다. 막차인 데다 나가는 차여서 승객은 거의 없었다. 버스는 안개 낀 구간을 지나면서 잠시 속도를 줄였다.

내릴 거예요?

윤희가 고촌을 지나 벨을 누르자 운전기사가 백미러로 윤희를 보며 소리쳤다.

네.

윤희는 작게 말했다.

내릴 거냐고요!

운전기사가 못 들었는지 소리를 지르면서 묻기에

네!

윤희는 화를 냈다.

윤희는 평교 다리에서 내려 컴컴한 밤길을 걸어 내려갔다.

씨팔 새끼, 벨 눌렀으면 내린다는 거지, 물어보고 지랄이야.

윤희는 작은 일에 더 분노하는 타입의 인간이었다.

그러므로 윤희가 여길 걷고 있는 것이다.

2주 전 마지막 휴무일, 윤희는 딸과 함께 미술 학원에 갔다. 한 달 치 학원비를 지불하고 그날 바로 딸애가 첫 수업을 받게 했다. 윤희는 학원 아래층에 있는 카페에서 딸을 기다렸다. 시간이 되어도 아이가 내려오지 않아 학원으로 올라갔더니 엄마가 온 줄도 모르고 계속 그림을 그리고 있었다.

선생님. 다음 주에는 올 수 있는데 그다음 주에 빠질 수도 있어서요……. 지금 한 시간 더 수업해도 될까요?

윤희가 부탁했다. 윤희의 딸은 두 시간 동안 디즈니 공주들과 눈이 내린 숲길을 그리고 내려왔다. 윤희는 딸과 함께 화방에 가서 드로잉 북과 파버카스텔 색연필을 사 주었다. 한번 그래 보고 싶었다. 미술 학원에 다녀온 뒤로 윤희의 딸은 매일 그림을 그리고 놀았는데 그러자 윤희는 이상하게 짜증이 났다.

윤희는 대형 물류 창고 몇 개를 지났다. 물을 따라 길게 펼쳐진 길을 걸었다. 물소리는 크지 않았다. 결심을 하고서도 2주를 더 보낸 것은 생리 때문이었다. 언젠가 물 위로 둥둥 떠오를 것이고 119가 그녀의 옷을 벗겨 사체를 수습할 텐데 생리대를 차고 있는 건 좀 그랬다. 그렇게 2주를 보내면서 윤희는 혹시 자신이 살고 싶은 것은 아닌가, 신중하게 생각했다. 마지막 순간에 생각을 고쳐먹는 실수는 없어야 했다.

색색의 조명이 물 같지도 않은 물길을 비추고 있었다. 조금 더 가서 빠져야 내일 오전에 아래쪽으로 내려올 수 있을 거야. 윤희는 그렇게 생각하면서 걸었다. 아무도 없고 깜깜한데 긴 길이었다. 윤희가 딸과 함께 살았던 시간처럼 춥고 앞이 보이지 않는, 그런 길.

윤희는 걸어가다가 작은 담요를 두른 채 섹스를 하는 청소년들과 낄낄거리며 산책로 밑으로 오줌을 갈기고 있는 남자애들을 보았다. 싹 다 개새끼들 같지만 나보단 낫다, 윤희는 생각했다. 윤희는 언젠가부터 어떤 것에 몰입한 적도, 장난스럽게 웃은 적도 없었으니까.

좀 웃어라.

그날 마지막으로 본 기자 언니의 목소리가 다시 들리는 듯했다.

언니. 나도 웃고 싶어요.

그러나 언니가 윤희에게 최선을 다하고 있다는 것은 이미 윤희도 잘 알고 있었다. 윤희는 언니와 이미 죽은 자신의 부모님에게 미안했다.

갑자기 분 바람에 머리칼이 얼굴을 덮었다. 떼면 또 붙고 떼면 또 붙고 해서 윤희는 그냥 헝클어진 머리칼을 내버려 두었다. 앞이 잘 보이지 않아 실눈을 뜨고 걸었다. 그러다가 바람에 날린 검은 비닐봉지를 피하지 못해 봉지가 그대로 얼굴에 붙어 버렸다. 윤희는 정말 구렸고 그것은 윤희의 마지막과 잘 어울리는 모습이었다.

여기쯤이면 될 것 같다.

다리 밑 가로등 아래 자리를 잡은 윤희는 얇은 천 가방에서 소주 두 병과 꾸이맨을 꺼냈다.

나는 엄마가 아니다.

윤희는 자신이 나약하다고 생각하면서 그러나 달라질 일은 없을 거라고 생각했다. 다른 삶들이 있다는 것은 알고 있었다. 윤희의 삶은 괴롭다거나 힘든 것이라기보다 버거운 채로 견디는 삶이었다. 앞으로 더 안 좋아질 일만 남아 있다는 비관적인 생각조차 윤희는 하지 못했고 그저 하루하루 버티고 있었다.

그녀는 더욱 성실히 살아 보려 노력해야 했을까?

정말 사랑합니다.

집주인에게서 문자메시지가 왔다. 윤희는 휴대전화를 흐르는 물에 던졌다. 멀리서 들리는 아이돌 그룹의 댄스 음악과 아이들의 웃음소리. 아까 그 청소년들인 것 같았다. 윤희는 소주 반병을 원샷했다. 맹맛인 것 같아서 보니까 도수가 낮은 소주였다.

씨팔.

안 취하면 어쩌지, 윤희는 걱정이 됐다. 죽은 것처럼 살다 보면 진짜 늙어 죽을 때쯤엔 국가에서 돈이 나올 텐데.

생각하면서 윤희는 술을 전부 마셨다.

좋았어.

다행히 윤희는 취했다. 윤희는 천 가방에서 수첩을 꺼내 좋았던 일들만 읽었다. 윤희는 울면서 수첩을 내려놓고 물속으로 한 발, 한 발 걸어 들어갔다.

어? 저거 사람 아냐?

섹스를 하던 여자애가 말했다.

야. 잠깐만.

여자애가 남자애를 밀쳐 냈는데 남자애는 여자애의 몸에서 떨어질 마음이 없는 것 같았다. 가만 생각해 보면 인생에서 죽지 않는 것처럼 중요한 것은 없는데.

추어탕집 사장과 주방 아주머니는 수요일에 윤희가 나오지 않자 전화를 걸었다. 전화는 연결되지 않았고 걱정이 되었지만 대수롭지 않게 여긴 사장은 주방 아주머니에게 부탁해 아주머니의 큰딸에게 하루만 서빙을 봐 달라고 말했다. 윤희보다는 가게 홀이 더 걱정이었다. 아주머니의 큰딸은 흔쾌히 가게에 나와 서빙을 보았다. 사장은 점심 장사를 끝내고 다시 한 번 윤희에게 전화를 걸었지만 연결되지 않았다.

사장과 주방 아주머니와 아주머니의 큰딸은 설거지까지 전부 마치고 바깥이 보이는 테이블에 모여 앉았다. 아주머니가 믹스 커피 석 잔을 뽑아 왔다.

와, 여기 경치 정말 좋네요.

아주머니의 큰딸이 창 너머 물길의 끝을 바라보며 말했다.

응, 저리로 쭉 가면 인천.

사장이 말했다.

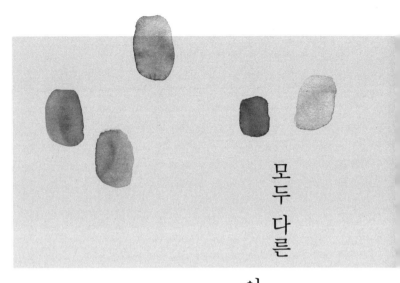

모두 다른

아버지

그제는 태어날 때부터 아버지가 없었다던 어떤 언니에 관한 이야기를 들었다. 나는 한때 그 언니와 많은 술을 마셨다.

내가 술을 본격적으로 마시기 시작한 것은 열일곱 살 때였다. 친구의 생일 파티 자리였는데 한두 잔 하다 보니 나만 멀쩡한 채로 끝까지 남아 있었다. 나는 어질러진 술병들을 열 맞춰 세워 두고 집으로 갔다. 그 후로 나는 거의 모든 술자리에 참석하게 되었고 술로 유명해졌다. 나는 술이 좋았고 약속이 없는 날엔 집에서 소주를 두 병 정도만 마셨다. 나는 정말 술이 좋았을까? 몇 년 전부터는 주량이 확 줄면서 주사가 생겼다. 그림 같은 것 말고 술을 팔고 싶다.

어제는 저수지 앞에 있는 펜션에서 잤다. 1년에 한 번씩은 꼭

오는 곳인데 한 달 만에 다시 찾았다. 어차피 강화엘 와야 했고 눈이 쌓였을 때 오면 정말 좋다고 이전에 펜션 주인 아주머니가 알려 주었던 것이 생각나서였다. 나는 사실 유명한 사람이에요. 주인 아주머니가 말했었지. 그래서 어쩌란 말이에요.

언니와 같이 오고 싶었는데 언니는 파파존스 오빠와 여행 중이라고 했다.

파파존스 오빠는 김포에서 돈 많기로 유명한 오빠인데 작년에 언니에게 파파존스를 하나 차려 주었다. 우리 언니…….

파파존스 정말 맛있지 않아? 그건 그렇지만…….

펜션에서 음악을 들으면서 옛날 생각을 했다. 가져간 믹스커피를 마신 다음 김밥을 먹었고 저녁엔 인스턴트 파스타를 데워 싸구려 와인과 함께 먹었다. 추웠지만 많은 시간을 테라스에 나가서 보냈다. 목이 꺾어질 것만 같았지만 밤하늘을 바라보는 것이 좋았다. 나는 추위를 많이 타지 않는 데다 잠이 없는 내가 조금 싫었다. 아침에는 와인 안주로 사 간 육포와 과자를 먹었다.

여기 저수지에 처음 온 것은 7년 전쯤이다. 출발할 때 싸우는 바람에 간다, 안 간다, 난리를 치다가 도착해서는 해맑게 저수지를 바라보며 나를 위해 음식을 만들어 주었던 남자와 함께였다. 넓고 깊은 저수지를 말없이 오래 바라보다가…… 돌아가는 길에 내게 괜히 시비를 걸어 또 싸우던 새끼…… 생생하다. 그래도 나는 바다보단 저수지가 좋다.

강화터미널에서 저수지로 들어올 때 탔던 택시 기사 아저씨에게 전화 걸자 15분쯤 걸릴 거라고 했다. 나는 전화 끊고 저수지 주변을 좀 걸으려고 바로 밖으로 나왔다.

진짜 오셨네.

어제 주인 아주머니의 아들에게 키만 받아 올라간 뒤로 밖으로 나오지 않아 지금 처음 마주친 아주머니는 내게 선물을 하나 주겠다며 안으로 들어갔다. 나는 눈 쌓인 저수지를 바라보며 아주머니를 기다렸다. 지난해 가뭄이 심해 수심이 거의 바닥이었지만 그래도 좋았다.

그나마 며칠 전에 비가 내려서 좀 올라온 거예요.

아주머니가 내게 골판지로 된 컵홀더를 내밀며 말했다. 티베트 설차는 바라지 않으니 티백 녹차라도 주시지 아주머니는 내게 컵홀더만 주셨다. 나는 감사하다고 인사했다. 아주머니는 작년부터 내가 예약하면 방값을 만 원씩 깎아 준다고 해 놓고 제값을 받고 있다. 깜빡 잊으셨겠지. 컵홀더에는 직접 쓴 듯한 캘리그라피로 이렇게 적혀 있었다. '어제보다 빛나는 오늘이 되길'과 '오늘보다 빛나는 내일이 되길'을 잘못 쓴 것 같은 "오늘보다 빛나는 오늘이 되길".

택시가 들어서는 것을 발견하고 아주머니에게 인사를 하려고 뒤돌아보니 이미 안으로 들어가 보이지 않았다. 어제 보니 늦은 김장을 하고 있었는데 아무래도 피곤한 모양이었다.

어제 내 택시를 탄 건 운이 좋았던 거예요.

그런가요.

여기엔 택시가 두 대뿐이거든.

대단하시네요.

대단은 무슨. 원래는 더 대단했지.

네.

이거 하기 전에는 솜 장사를 오래 했어요.

운이 좋아 사우디에 수출하게 돼서 돈방석에 앉았었지. 사우디는 솜이니 카펫이니 적당히 쓰다 버려요. 돈이 많기도 하고, 빨래할 물값이 더 드니까.

네…….

나는 잠깐 사우디 사람들의 삶과 부자가 된 후 아저씨의 삶이 궁금했다. 분명 거의 모든 돈을 잃었을 거야. 그래도 아저씨는 대단한 사람이다. 택시 두 대 중에 한 대가 아저씨의 것이니까.

해안 도로를 따라 20분쯤 달려 외포리 선착장에서 내렸다. 이제 왕복일 수밖에 없는 표를 사고 승선 신고서를 작성해 표와 함께 낸 다음 배를 타야 한다. 그곳엘 들어가 다시 나오지 않는 사람은 없는 것처럼 표는 무조건 왕복이다. 아버지도 여길 들어갈 때 왕복표를 샀겠지. 아버지도 이 섬에서 나오긴 나올 거다. 살아서는 아닐지라도. 배를 타는 시간은 10분도 채 되지 않았다. 나는 그 시간이 좀 더 길었으면 좋겠다고 생각했다.

잘 기억나진 않지만 나와 언니는 5년 전쯤에 아버지에 관련된 전화를 받은 적이 있었다. 그때 우리는 혈연관계가 가질 수 있는 모든 권리를 포기했다. 아버지는 무연고자 같은 걸로 발견되었던 것 같다.

우리는 아버지를 늘 두려워했는데 마지막 모습은 서정적으로 남아 있다. 파파존스 오빠는 아버지보단 어리다. 아버지를 마지막으로 본 것은 눈이 많이 오던 1월이었는데…….

아버지가 있다던 요양원은 간판만 노인 요양원이라고 바꿔 달았지 건물 생김새를 보니 전에 모텔이었던 것 같았다. 6층으로 오면 휴게실이 있어요. 그 남자에게 문자메시지가 왔다. 나는 요양원 앞에서 망설이면서 쌓인 눈 사이사이로 보이는 삐라를 주우며 걸어 다니다가 안으로 들어갔다. 5분 정도 지난 줄 알았는데 휴대전화로 시간을 확인해 보니 30분 가까이 지나 있었다.

안녕하세요.
아, 네. 오셨네요. 안녕하세요.

남자가 일어서며 내게 인사를 했는데 그 옆에 젊은 남자애 하나는 고개만 까딱했다.

…….

…….

…….

음……. 안녕하세요…….

네…….

…….

나는 우리가 너무나 많은 인사를 했다고 생각해서 그 애가 인사를 하지 않은 것이 어떤 균형을 맞춰 주는 것 같아 마음에 들었다.

오느라 고생 많았어요. 식사는 어떻게?

우리는 삼각형처럼 앉았다.

아버지가 가장 먼저 결혼한 사람은 언니와 나의 엄마였다. 나는 아버지가 가장 먼저 결혼이라는 것을 한 사람이 언니와 나의 어머니라는 부분에서 약간의 안도감과 우월감을 느꼈다.

그때 어디서 많이 본 것 같은 남자가 들어왔다.

어! 오셨네요!

남자가 그를 반겼다. 한껏 상기된 표정으로 들어온 그 사람은 지난 올림픽에서 금메달을 딴 체조 선수였다. 우리는 사각형처럼 앉았다가 남자의 제안으로 근처 횟집으로 갔다. 우리들은 어떤 면에서 남매라고 한다. 나는 그들의 어떤 의견에도 동조하거나 반박하지 않으리라 다짐했지만 자신이 없었다.

엄마의 말에 따르면 아버지는 열다섯 살 때부터 동네의 별별 일을 도맡아 했다. 학교에서는 언제나 전교 회장이었고, 성적도 1등이었다. 동네에는 청년도 많았고, 중년의 가장들도 많았지만, 일이 생기면 모두 아버지를 찾곤 했다. 어린 나이지만 늠름했던 아버지는 공손하게, 그렇지만 빠르게 일을 처리했다. 못 다루는 기계가 없었다. 아버지는 모든 것에 흥미가 있었고, 배우는 행위를 재미있어 했다. 아버지는 잠을 줄여 더 많은 것을 배웠다. 아버지의 부모님과 가족들은 그런 아버지를 아주 자랑스러워했다. 아버지의 과수원과 논밭은 날로 번창했다. 열여덟 살에 이장이 된 아버지는 꿈을 꾸기 시작했다. 더 큰 곳으로 나가고 싶어진 것이다. 모두의 응원을 받으며 아버지는 살던 지방의 도청 소재지로 나왔다.

중심지로 나온 첫날, 아버지는 흥분을 참지 못하고 술을 마셨다. 술 또한 원래 잘 마시는데 그날따라 유난히 달게 느껴졌다. 아버지는 자신보다 세련된 어법을 구사하는 시내의 친구들을 보면서 속으로 열망을 불태웠다. 당연하게도 아버지 역시 언변이 뛰어났기 때문에 이곳 생활에 조금만 익숙해지면 누구에게도 뒤지지 않을 거라 자신했다. 아버지는 술을 마시고 새벽녘에 집으로 돌아와 소변을 본 뒤 그대로 화장실에서 잠들고 말았다. 아침이 되자 아버지는 항문에 참을 수 없는 고통을 느끼며 잠에서 깨어났다. 죽을힘을 다해 참아 보았지만, 숨을 쉬는 자체가 고통이었다. 3일 후 아버지는 대장항문과로 향했다. 아버지는 옷을 전부 벗은 뒤 엉덩이 부분이 뚫린 옷으로 갈아입었다. 간호사 둘이 아버지가 있는 곳으로 들어왔다. 그중 한 명이 ㄹ자로 된 수술대에 누우라고 말했고, 아버지는 헛기침을 해 봤지만 부끄러움을 감추기 힘들었다. 아버지로서는 그런 기분을 느낀 것이 처음이지 않았을까. 서서히 정신을 잃으며 마취에 빠져들 때쯤 아버지는 두 명의 간호사가 속삭이는 소리를 들었다. 야, 네가 해. 싫어, 언니가 해. 아씨, 네가 좀 해. 언니가 좀 해 줘요. 야, 씨발 진짜 언니 말 좀 들어라. 그날 선배 언니의 말에 따라 결국 의사와 함께 아버지의 항문을 치료한 엄마는 3년 후 아버지의 아내가 되었다. 3년 동안 아버지가 군대에 다녀왔기 때문이었다.

엄마는 나와 언니를 겨울에 낳았다. 논과 밭, 과수원과 삼층집을 말아먹어 갈 때마다 아이가 태어났으므로 제대로 산후조리를 하지 못해 몸이 많이 상했다. 엄마와 아버지는 두 살, 한 살이던 우리를 데리고 동네를 떴다. 그 뒤로 아버지는 가끔씩만 집에 들렀다. 몇 년 만에 와서 일주일 정도 있다가 인사도 없이 다시 사라지는 식이었다. 어떨 때는 이틀만 머물렀고, 어떨 때는 한 달이나 있기도 했다. 집에 오래 머무를 때는 특히 언니가 불편해했고 나도 열 살쯤에는 아버지가 무서운 사람이라는 것을 완전히 인지하게 되었던 것 같다.

우리를 낳고 사라진 뒤 종종 내킬 때만 들르던 아버지는 이른바 두 집 살림을 했다고 볼 수 있는데 나는 지금 그 집의 두 아들, 그리고 배다른 남동생과 함께 회를 처먹고 있는 것이다.

두 아들 중 언니와 내게 오빠가 되는 남자의 이름은 인성이었는데 아버지도 몰랐던 자식이었다고 한다. 아버지는 둘째 아들과 나의 이름, 그리고 체조 선수의 이름을 모두 수연이라고 지었다. 인성의 어머니는 수연의 이름을 신성으로 지었는데 아버지가 수연으로 신고했다고 한다. 사실 요양원의 휴게실에 들어서면서 얼핏 본 그의 얼굴이 나와 특히 많이 닮은 것 같아 내내 묘한 기분을 느끼고 있던 중이었다.

그건 그렇고, 정말 존경합니다. 조수연 선수가 제 동생이라니, 정말 영광이에요.
아, 아닙니다, 형님.
아하하하. 형님이라니…… 아, 그거 듣기 좋은데요? 아하하하.
남자는 체조 선수가 자신에게 형님 대접을 해 준다는 사실에 감격한 것 같았다.

나 참.

남자의 동생인 수연이 혀를 찼다.

저기요.

내가 손을 들어 나지막이 횟집 아주머니를 불렀다.

참이슬 두 병 주세요.

두 병 줘요?

두 병 주세요.

체조 선수의 말에 따르면 아버지는 가끔 노가다를 했고 김치를 담그는 등 집에서 자주 음식을 만들었다고 한다. 평판도 좋았고 착했으며 전체적으로는 아무튼 예술가 같았다고 한다.

제가 아무래도 아버지의 어떤 끼를 물려받지 않았나 싶어요.

체조 선수가 말하자 수연이 또 한 번 혀를 찼다.

예, 체조라는 것은 예술이죠. 그렇죠, 예.

남자가 고개를 끄덕이자 수연이 비웃었다. 수연에 따르면 아버지는 자신의 어머니에게 빌붙어 사는 비겁하고 비굴한 빈대였다고 한다.

수연 씨 표현에 비읍이 많이 들어가네요.

체조 선수의 말에 수연은 그를 어이없다는 듯이 바라보았는데 남자는 예, 그러네요, 예리하시다, 하고 맞장구를 쳤다. 나는 술잔을 비우고 새우튀김을 먹었다. 여기서는 새우튀김 말고도 오징어 튀김과 아이스크림 튀김을 팔았는데, 아이스크림 튀김을 시키면 좀 웃길 것 같아서 참고 있었다. 그나저나 아까부터 느꼈는데 내 술잔이 빌 때마다 체조 선수가 옆에서 바로바로 잔을 채워 주고 있네? 두 손으로 공손히.

누나는 어떤 일 하세요?
체조 선수가 내게 술을 따르며 묻자 모두의 시선이 내게 쏠렸다. 누나? 난 누님은 아닌가 보군. 하여간 하는 일이야 숨길 것이 없었다.
그림 팔아요.
그림이면, 와, 누나도 예술가시다.
그림을 그리는 게 아니고 팔아요.
판다구요?
네.
아…… 아, 그래도요.
정말 팔기만 해요.

미대를 졸업하고 미술관 계약직 사무직 일을 전전하다 우연치 않게 시작한 일인데 생각보다 오래 하고 있다. 그런데 왜 일이 아닌 대화는 이렇게 늘 뚝뚝 끊기는 것일까. 내게 유일한 친구는 언니다.

사실 우리 집에서도 아버지가 음식을 만든 적이 있었다. 젠

장. 깍두기를 담갔던 날이 떠오른다. 내 기억에 따르면 아버지는 그때 가락동 농수산물 시장에서 일을 했던 것 같다. 어느 날 무를 가져와선 뚝딱뚝딱 썰어 소금에 절여 고춧가루에 버무리더니 내게 사이다를 사 오라고 했다. 사이다를 넣은 아버지의 깍두기. 내가 아는 유일한 아버지의 음식. 늘 반찬이 없던 우리 집, 늘 우리를 패던 아버지. 그런 아버지가 담근 깍두기가 맛있어서 황당했던 기억이 난다. 그러고 보니 아버지는 어째서 그렇게 능숙하게 깍두기를 담글 수 있었을까?

나는 몇 안 되는 아버지에 관한 기억 중에서 깍두기와 관련된 것을 하나 더 기억해 내고 말았는데, 내가 겪은 것은 아니고 엄마가 겪은 일이었다. 엄마가 아버지를 마지막으로 본 날이었을 것이다.

엄마가 아버지를 마지막으로 본 것은 경찰서에서였다. 지치지도 않고 조사에 응하던 아버지에게 엄마는 설렁탕 한 그릇을 배달시켜 주었는데, 깍두기를 깜빡한 배달원을 다시 돌려보내 가져오게 한 것이다. 배추김치랑 먹어요, 엄마가 말했더니 아버지는 겁을 주듯 엄마를 노려보았다고 한다. 아버지가 다 식은 설렁탕에 깍두기를 넣고 너무나 맛있게 먹어서, 엄마는 황당했다. 보지 않은 그 모습이 생생해서 언니와 나는 괜히 부끄러웠다. 어쩐 일인지 그날 아버지가 경찰서에 잡혀 들어간 것은 나 때문이었다. 엄마가 아버지와 헤어진 것 또한 나 때문이다. 엄마는 내 덕분이라고 말했는데, 그래도 가끔은 나를 원망하지는 않을까 생각한다. 나는 체조 선수와 건배를 하고 술을 마셨다.

여기 소주 두 병 더 주세요. 술잔이 자꾸 채워지고…… 술잔을 자꾸 비우고…… 아버지 생각을 하다 보니 나 때문에 일어난 일들이 왜 이렇게 많지…… 하는 생각이 들었다. 결과가 전부 엉망인 것 같은데…… 내가 잘못한 건 없는 것 같은데 이상하게…… 왜지…… 내 잘못인가?

그날은 언니의 생일이었다. 1월이었고 언니의 생일 며칠 전에, 아버지는 집에 들어왔다. 물론 한 2, 3년 만에 들어온 것이었다. 집에 머무른 며칠 동안 아버지는 술을 마시지 않았다. 멀쩡하게 제정신으로 다른 아버지들처럼 아침에 나갔다가 저녁에 돌아왔다. 저녁 반찬은 김치뿐이었지만 맛있게 많이 먹었다. 밥을 먹고는 나와 이런저런 이야기를 나누다가 작은방에서 혼자 잤다. 엄마와 언니와 나는 안방에서 함께 잤다. 아버지가 혼자 자는 것은 당연한 일이었다. 아버지는 손님 같았지만 나는 언니의 생일 전날 작은방의 불을 끄며 아버지에게 내일이 언니의 생일이라고 말해 주었다. 그나마 내가 아버지를 덜 무서워했다.

방학이어서 언니와 나는 집에 있었다. 우리는 학원 같은 것을 다니지 못했고 늘 집에서 둘이 시간을 보냈다. 낮에 그냥 그러고 있는데 전화가 왔다. 꽃 배달을 하려는데 주소를 말해 달라는 전화였다. 나는 좀 똑똑했기 때문에 우리 집을 아주 자세히 설명했다. 다닥다닥 붙어 있는 많은 집들 중에서 우리 집을 한 번에 찾을 수 있도록, 혹시 그 꽃이 다른 집이 아니라 꼭 우리 집으로 올 수 있도록 말이다.

오후에 언니랑 안성탕면을 끓여 먹고 있었는데 검은 옷을 입은 남자들이 찾아왔다. 욕을 한다거나 나쁘게 굴진 않았고 그냥 아버지가 쓰던 작은방엘 가 드러누웠다. 그들을 생각하면 갈매기살이 떠오른다. 그들은 직접 사 온 갈매기살을 허락도 없이 방에서 막 구워 소주랑 같이 먹었는데, 그들로 인해 갈매기살이 새가 아니라는 것을 처음 알게 되었기 때문이다.

그날따라 엄마도 늦고 해서 나는 마당에 나가 있었다. 언덕 아래로 아버지의 머리통이 보였고 나는 뛰어나가 아버지에게 집에 누군가 왔다고 말했다. 아버지는 제정신이었고 들고 있던 작은 케이크 상자를 내려 둔 채 돌아섰다. 눈이 내리기 시작했고 나는 나도 모르게 조금 뛰어 아버지를 따라가다가 멈춰 섰다. 그리고 아버지의 뒷모습이 사라질 때까지 오래 바라보았다. 아버지를 부르면 안 되는 일이고 동시에 나는 이 순간이 마지막이라는 걸 느꼈다. 집으로 돌아오는 길에 눈이 쌓여 가는 케이크 상자를 발견했다. 나는 그걸 들고 올라와 집 뒷문 쪽에 있는 작은 연탄 창고에 들어갔다. 연탄 위에 상자를 올려 두고 안방으로 들어와 입을 꾹 다물었다. 언니가 내 겉옷에 묻은 눈과

연탄을 쓱쓱 닦아 주었다. 아니야, 다시 볼 수 있겠지, 늘 이런 식이었으니까, 생각했지만 그것이 마지막이었다. 나는 그제야 우리 집에 꽃 배달 같은 게 올 리 없다는 것을 알게 되었고 언니에게 특히 미안했다.

수연이 소주 두 병을 더 시켰다. 체조 선수는 아까부터 마시지는 않고 나와 수연의 잔만 채워 주고 있었다.

아. 조수연 선수는 관리하시니까 술은 안 드시는 거죠?

인성이 물었더니 체조 선수가 웃으며 고개를 끄덕였다. 인성도 술을 마시지 않았다.

매운탕 드릴까?

아주머니가 물었을 때 인성이 조금 있다가 달라고 해서 내가 지금 달라고 말했다.

형님은 결혼하셨어요?

체조 선수가 인성에게 물었다.

아니요, 아직 못 했어요.

만나는 사람이라도?

아직요.

정말 멋있으신데.

체조 선수의 말에 인성이 멋쩍어했다. 그러면 아버지는 아직 할아버지는 아니겠네, 나는 생각했다. 인성은 30대 후반에서 40

대 초반 같아 보였는데 아직 미혼인 모양이었다. 언니도 나도 그렇고, 체조 선수도 결혼했다는 기사는 못 봤다. 비록 몇 년 전이긴 해도 금메달을 따고서 했던 인터뷰의 질문 속에는 꼭 연애 이야기가 들어 있었으니까. 연애와 관련된 이야기를 할 때 체조 선수는 모태 솔로마냥 부끄러워했다. 다큐처럼 만들어 경쟁적으로 방송되던 체조 선수의 불우한 가정사가 나와 관련이 있을 줄 그때는 몰랐지만.

그래도 수연이는 결혼했어요. 아들도 있고요.

인성이 말하고는 덧붙였다.

애도 아버지예요, 아버지.

아버지는 할아버지가 되었구나. 인성에 따르면 그는 다섯 살 즈음 아버지를 처음 만났다고 한다. 언니와 내가 있던 아버지를 잃었다면 그는 없던 아버지가 생긴 셈이었다. 인성은 술을 한 잔 마신 다음 빈 잔을 체조 선수에게 내밀었다. 체조 선수가 인성의 잔에 술을 따랐고 수연은 밖으로 나갔다가 담배를 한 대 피우고 돌아왔다. 수연은 인성이 그 시절에 대해 얘기하는 것을 싫어하는 것 같았고 기본적으로 아버지를 싫어하는 것 같았다.

형제의 외할머니가 죽은 것은 아버지 때문이라고 한다.

인성의 어머니는 자신의 어머니가 자살한 것을 발견하고 아버지에게 연락했다. 아버지와 헤어지고 5년 만이었다. 아버지는 인성의 외할머니의 전 재산을 털어 갔고 인성의 외할머니는 5년간 괴로워하다가 목을 맸다. 인성의 어머니가 수천 번 잊으라고 말했지만 잊을 수 없었던 모양이었다. 돈도 돈이지만 널 버렸잖아. 인성의 어머니는 외할머니의 이 말을 늘 되새겼다. 외할머니는 자신의 재산 때문에 아버지가 딸에게 접근했다고 여겼기 때문에 어떤 면에선 죄책감을 갖지 않았을까, 인성은 생각했다고 한다. 손자와 딸의 괴로운 인생이 나 때문에…… 그러나 미안해하는 외할머니에게 어머니는 더 미안해하며 살았다고 한다.

다들 그러니까 저도 막 미안하더라구요.
인성이 말했다.
왜 태어나 가지고…….
에이. 형님이 태어나신 건 아버지와 어머님 때문이잖아요.
체조 선수가 그렇게 생각하지 말라는 듯, 손을 인성 쪽으로 내저으며 말했다.
그건 그런데…… 어쨌든…… 저잖아요…….
인성이 그렇게 말하고 소주잔을 비웠다. 나도 그를 보다가 술을 마셨는데, 모두가 술을 잘 마신다는 사실이 좋았다. 시간은 아직 5시 반, 빈 병도 다섯 병.

연락을 받은 아버지는 인성과 함께 살기 시작했다. 아버지가 집을 나가고 엄마는 1년쯤 이모들에게 돈을 꿔 쌀을 사 먹으며 박스 공장엘 나가기 시작했다. 아버지는 인성의 동생 수연을 얻었다. 조수연이 두 명이 되던 순간이었다. 그때 엄마와 언니와 나는 뭘 하고 있었을까?

말이 너무 없으신 것 같아요.

인성이 내게 말했다. 말이 너무 많으신 것 같아요, 나는 생각했다.

나는 자라면서 특이할 것이 하나도 없었지만 어릴 적에 가끔 지우개 가루를 먹었다. 언니와 엎드려 그림을 그리다가 지우고 그리다가 지우고 방바닥에 흩뿌려진 지우개 가루를 엄지랑 검지로 집어서 조금씩 먹었던 기억이 난다. 누구나 흙장난을 하다가 흙을 먹어 본 적이 있잖아요? 있긴 하지만……. 우리도 처음에는 아버지를 기다렸다.

형, 나 간다.

수연이 일어났다. 인성은 어? 어…… 했는데 따라 나가지는 않았다. 체조 선수도 좀 당황해하는 것 같았고 나도 좀 당황했는데 아무도 잡진 않았다.

넷 중에 셋이 이름이 같아서, 저 혼자 좀 외로웠는데 이제 좀 낫네요.

인성이 말했다. 웃어야 하는 건가? 잠시 고민하던 찰나에 체조 선수가 웃었다.

그래도 조인성이시잖아요.

체조 선수가 말했다.

저는 노인성이에요.

인성이 대답했다. 슬퍼도 울지 말고 웃겨도 웃지 말자. 누가 무슨 말을 해도 그러려니 하다가 가도록 하자. 나는 속으로 다짐했다.

인성의 말에 따르면 수연은 어릴 때부터 동네에서 유명한 양아치였다고 한다. 물론 지금도 그렇다고 덧붙였다. 동네에서 가장 유명하다고.

그러니까 필요악 같은 거죠.

인성이 비어 있는 수연의 자리를 보며 말했다.

그래도 좋은 아빠예요.

하고는 술을 또 한 잔.

인성이 소주 두 병을 더 시켰고 아주머니는 떨어진 찬을 채워다 주었다. 언제인지 정확하게는 모르지만 아버지가 두 집 살림을 한다는 것을 그냥 자연스럽게 알게 되었다. 분명 누구도 입 밖에 내지는 않았는데 모를 수가 없었다. 그 생각을 하자 갑자기 눈물이 나려고 해서 눈을 엄청나게 치켜떴는데 그걸 보고 체조 선수가 박장대소를 했다. 아버지는 우리 모두의 생일을 기억했을까?

아버지는 인성에게 이른 사춘기가 올 무렵 수감되었다. 사기와 횡령 등의 죄목이었다. 엄마가 기억하는 아버지의 마지막 모습이 설렁탕을 너무나도 맛있게 먹던 것이라면 인성과 수연의 어머니가 기억하는 아버지의 마지막 모습은 무엇일지 궁금했다. 난…… 아버지가 언니에게 주려던 생일 케이크를 골목에 내려놓고 이제 막 눈이 내리기 시작한 골목길로 돌아서던 것을 기억했다.

인성과 수연이 보게 될 아버지의 마지막은 어떤 모습일까? 문득 아버지에 대한 나의 마지막 기억이 하얀 눈이라는 것에 다행이란 생각이 들었다. 눈이 내리지 않았다면 나는 아버지의 차가운 뒷모습을 기억하며 살아야 했을 것이다. 영화의 특수효과처럼 사라지던 아버지의 뒷모습은 시간이 흐를수록 아련하게 남았다. 안 돼, 냉정함을 유지하자.

엄마는 자주 아버지의 지난날을 이야기해 주었다. 아버지는 자신감이 넘쳤고 통이 컸다. 그래서 왜 자꾸 일이 안 풀리는지 궁금해했다. 시작하는 일마다 자신이 있었으므로, 일이 엎어질 때마다 다른 사람의 탓을 하거나 운이 없었다고 말했다. 통이 컸기 때문에 아버지의 사업이 망할 때마다 주변 사람들이 같이 망했다. 그들 중 몇은 아버지를 끝까지 믿었고, 아버지는 자신을 믿고 돈을 맡긴 사람들은 물론, 사돈의 팔촌까지 전부 망하게 했다. 자신 때문에 인성과 수연의 외할머니가 자살했다는 말을 들었을 때 아버지는 일주일이면 다 해결될 일이었는데, 노인네 성질하고는…… 이라고 말하며 혀를 끌끌 찼다고 한다.

나는 세계 대회에서 금메달을 딴 체조 선수와 같은 아버지를 가졌다는 것이 영 믿기지 않았고 사실 어떤 면에선 부정하고 싶기도 했다. 체조 선수가 우리들과는 너무 다르게 느껴졌기 때문이다. 하지만 그런 나와는 달리 인성은 체조 선수에게 알 수 없는 동질감이 느껴진다고, 이런 게 피가 당긴다는 건가 보다고 말했다. 아버지…….

체조 선수는 이제 스물넷. 금메달을 땄을 때가 스물하나였는데 음, 나는 스물하나에 뭘 했더라? 남자에게 차여 식음을 전폐한 뒤 말라 가고 있었던 기억이 난다. 나쁘지 않았군.

체조 선수의 어머니가 아버지를 처음 만난 것은 아버지의 출소 후였다고 한다. 출소한 아버지는 인성과 수연의 집을 찾았으나 그들은 전화번호를 바꾸고 이사를 간 뒤였다. 내가 아버지로부터 완전히 상처를 받은 것은 이때였다. 아버지는 우리를 찾지 않았다.

    남양주의 작은 마을에 살던 체조 선수의 어머니는 아이가 없었다. 병원엘 가 보지 않아 정확한 원인은 몰랐지만 괜히 눈치를 보며 살았다. 첫 번째 남편은 일정한 직업이 없어서 체조 선수의 어머니가 동네 식당엘 나가 번 돈으로 먹고살았다. 늦가을이었고 쉬는 날이어서 김장을 하고 있었는데 갑자기 형사들이 들이닥쳤다. 둘이 먹을 거라 김치는 많은 양이 아니었고 형사들은 남편을 찾았다. 남편이 어딜 가 봤자 동네 다방에나 가 있을 것이었기 때문에 체조 선수의 어머니는 아는 대로 말해 주고 하던 김장을 계속했다. 그리고 다시는 남편을 보지 못했다. 형사들은 정말 다방에서 남편을 검거했다. 남편뿐만 아니라 근방에 살던 시댁 아주버님 둘과 도련님까지 함께 구속되었다. 가장 먼저 불어 버린 게 첫째 아주버님이었다. 그들은 체조 선수의 어머니가 친자식처럼 돌보던 조카를 돌아가며 성폭행했다. 훗날 체조 선수의 어머니는 정말 미친 사람들이나 그러는 줄 알았다고 체조 선수에게 말했다고 한다. 그렇게 첫 번째 남편이 5년형을 선고받고 감방 안에서도 돈이나 달라고 지랄을 할 때 아버지가 나타났다.

    아버지는 출소 후 인성과 수연의 어머니에게 전화 걸었지만 연결이 되지 않자 대수롭지 않게 생각하고 집으로 찾아갔다.

아버지는 누가 봐도 출소자 같은 행색이었지만 매우 당당하게 걸었다. 기차역 앞에서 우동 두 그릇을 사 먹고 기차 안에서 잠까지 잤다. 아버지는 집에 도착한 후 완전히 상처받았을 것이다. 인성과 수연이 이사를 간 것도 간 것이지만 고모를 포함해 아무도 아버지의 전화를 받지 않았다. 아버지의 수첩엔 정말 많은 사람들의 전화번호와 주소가 적혀 있었다. 한두 번도 아니고 세 번 이상씩, 모두 짠 듯이 아버지의 전화를 외면했고 그러자 죽고만 싶었다고, 아버지는 체조 선수의 어머니에게 고백했다고 한다.

돈 때문만은…… 아니었을 거예요.
체조 선수의 어머니는 저 말을 했다가 딱 한 번 뺨을 맞았다고 한다.

크게 좌절하는 법이 없었던 아버지는 드디어 낙담했다. 모두와 이렇게 되리라곤 예상하지 못했다. 정말로 더는 갈 곳이 생각나지 않았다. 아버지는 자주 가던 인성과 수연의 집 근처 춤집에서 너스레를 떨며 10만 원을 빌렸다. 그날 2만 원을 주고 여관방에 들어간 아버지는 컵라면과 김밥과 만두로 저녁을 해결하고 담배를 피웠다. 냄새나고 벌레가 다니는 작은 여관방에 가구라고는 20년은 된 것 같은 서랍장 하나뿐이었고, 작은 거울과 싸구려 스킨병에는 오랫동안 누구도 건드리지 않은 듯 뿌옇

게 먼지가 앉아 있었다. 아버지는 담배를 피우다가 문득 작은 거울에 비친 어떤 남자의 얼굴을 보았고 처음으로 자신이 초라하다는 것을 느꼈다. 이 여관방과 잘 어울리는 얼굴이었다.

그리고…… 그는 떨리는 손가락으로 전화번호를 눌렀다. 0……3…… 1…… 9…… 8…… 2…… 아버지는 982 다음을 기억하지 못했다. 0, 1, 2, 3, 4, 5, 6, 7, 8, 9. 익숙한 첫 자리가 생각나지 않자 혹시 손이 기억하지 않을까 하고 전화기의 숫자판에 대고 손가락을 이리저리 옮겨 보았지만 도저히 아무것도 기억할 수 없었다. 당연한 일이었겠지?

아버지는 전화번호와 더불어 엄마와 언니와 나의 얼굴이 잘 기억나지 않더라고, 체조 선수의 어머니에게 말했다고 한다.

갑자기 흥분한 아버지는 여관 밖으로 뛰쳐나갔다. 1990년대 영화 속 방황하는 청춘의 모습처럼 화려한 네온사인이 가득한 유흥가 한복판에 서서 주위를 이리저리 두리번거렸다. 하지만 아버지는 중년의 전과자, 주머니엔 며칠을 더 견딜 수 있을지 모르는 몇 만 원뿐이었다. 춤집 주인 여자에게 저녁에 다시 와서 갚을 테니 빌려 달라고 해서 받은 돈. 말하자면 출소하자마자 또 사기를 쳐서 받은 돈인 것이다.

아버지는 처음으로 살아온 인생 전체를 후회했다.

아버지의 고등학교 1년 선배이자 학생 회장 출신인 친한 형님과의 첫 사업과 성과…… 친형보다 더 믿었던 형님의 배신과 그때 잃었던 재산, 마지막 몇 만 원까지 전부 다 긁어먹은 새끼…… 그러나 다시 돈을 들고 돌아온 형님과…… 오해일 거라 믿고 했던 용서…… 함께 뭉쳐 다시 시작한 사업…… 그때 끌어들인 주변 사람과 수많은 돈과 그 모든 것을 전부 들고 튄 형…… 그게 시작이었다. 그는 편의점에 들어가 소주를 샀다. 그리고 네 병쯤 마시자 어느 순간 그대로 고꾸라져 버렸다.

누군가 툭툭 치는 것을 느끼고 눈을 뜬 아버지는 목이 말라 생수를 사려고 들어간 편의점 계산대 앞에서 그나마 있던 몇 만 원이 사라지고 없는 것을 알게 됐다. 이런 씨발! 그는 생수를 집어던지고 계산대 바로 옆 껌과 사탕 코너를 쓸어 버렸다. 아르바이트생이 벌벌 떨며 말했다. 그…… 그냥 드…… 드세요. 그는 숨을 거칠게 몰아쉬며 그녀를 노려보았다. 이 씨팔 년아, 그냥 먹으라고? 그냥 먹으라고? 그녀가 경찰서로 연결된 호출 버튼을 누르려는 찰나 아버지는 계산대를 넘어가 그녀를 구타하기 시작했다.

어차피…… 우리는 982라는 번호로 시작하는 집에 살고 있지 않았다.

아버지는 편의점에서 나와 터미널로 갔다. 남양주로 가는 버스를 탄 아버지는 도착한 날 길에서 잘 수밖에 없었고 그다음날 아침 역 화장실에서 세수를 한 뒤 스펀지 공장에 취직했다. 공장에선 아버지의 숙식을 해결해 주었고 아버지는 곧 남양주의 작은 마을에서 없어서는 안 될 사람이 되었다. 공장 일을 빠르게 습득한 것은 물론이고 기계며 뭐며 못 다루는 것이 없는 데다 마을 사람들 사이에서 벌어지는 크고 작은 일들을 현명하게 해결해 주었다. 그리고 바쁜 하루하루…… 약간의 틈이 있을 때마다 체조 선수의 어머니를 찾아가 믹스 커피를 함께 마셨고 체조 선수의 어머니는 임신을 했다. 아버지는 그때 자신이 훗날 올림픽 금메달리스트의 아버지가 되리라는 것을 상상이나 했을까?

체조 선수는 자기에게 아버지가 둘인데, 우리 모두의 아버지가 훨씬 좋다고 말한 다음 내게 술을 한 잔 따라 달라고 말했다. 그때 식당 주인 아주머니가 우리 테이블로 조심스레 다가왔다. 혹시 조수연 선수 맞으시냐고, 그 기술 이름을 넣어 사인좀 해 달라고. 체조 선수가 사인을 할 때 아주머니는 인성과 나를 의심스러운 눈초리로 번갈아 쳐다보았는데 그건 내 기분 탓이었을 거다. 나는 급하게 똥이 마려워 전화를 하는 척하려고 휴대전화를 챙겨 화장실에 갔다. 괜히 페이스북에 접속한 다음 바로 창을 닫고 내가 지금 여기서 뭘 하고 있는 거지…… 생각했지만 어려워하고 멀쩡한 척하면 뭣 하는가? 나는 똥을 싸고 있는걸.

형님이랑 누나 들을 꼭 뵙고 싶었어요.

자리로 돌아와 냅킨으로 손을 닦는데 체조 선수가 말했다. 그러고 보니 아까부터 인성의 말수가 줄고 대신 체조 선수의 말이 많아져 있었다.

아버지도 아버지지만 우리 어머니들이나…… 우리들도 뭐…… 다 다르니까요…….

글쎄요, 그 다르다는 거 말이에요…… 그렇게 쉽게…….

체조 선수가 그동안 늘 외로웠다고 말해서 내가 다시 한 번 눈을 치켜뜨자 이번엔 인성이 박장대소를 했다. 또 눈물이 나오려고 하면 그냥 흘려 버려야지, 나는 생각했다. 체조 선수는 아마 아버지도 많이 외로웠을 거라고 말했는데 나는 그렇게는 생각하지 않았다. 그건 정말이었다.

나는 아버지에게 양말을 던져 두지 말고 세탁기 안에 넣으라고 했다가 맞은 적이 있고 김대중보단 김영삼이 더 잘생기지 않았느냐고 했다가 맞은 적이 있다. 열 살도 안 된 나를…… 아버지는 왜 우리 집 가족들만 팼을까?

언니와 나는 아버지와 노래방에 가서 사이다를 마시며 김건
모의 노래를 부른 적이 있고 그날 아버지는 버스 두 정거장 거
리가 되는 짧지 않은 길 내내 목말을 태워 주었다. 나는 누군가
를 통해 들은 이야기 말고 내가 직접 겪은 아버지에 관한 기억
이 이게 다라는 사실에 화가 난 적이 있다.

나는 그날 아버지를 만나지 않고 서울로 올라왔다. 헤어지는
데 인성이 말했다. 다음엔 꼭 언니도 같이 봤으면 좋겠다고.
언니는 아버지랑 상관없어요, 내가 말했더니
말도 못 하시고 많이 약해지셨어요, 인성이 말하기에 내가
말했다.
그러니까 사과도 못 받잖아요.

여름이 왔고 가뭄이 들었다. 아직 아버지는 살아 있다. 오랜
만에 언니와 파파존스 오빠와 술을 많이 마셨다.
난 그 새끼 안 봐.
언니가 말했다.
죽어도?
나? 아니면 그 새끼?
그 새끼면 아버님?

파파존스 오빠가 끼어들었다.

아니, 뭐 만나자는 건 아니구…….

만나자는 건 아니었다. 어차피 당분간은 수연을 볼 수 없게 되었다. 수연은 아내와 함께 여덟 살 된 아들을 학대한 혐의로 구속되었다. 수연을 신고한 사람은 수연의 아들이었다. 나는 이 얘길 언니에게 할까 말까 망설이면서 언니와 파파존스 오빠를 오래 바라보았다.

뭘 봐?

언니가 물었다. 나는 술을 한 잔 마셨다. 나와 많이 닮은 수연의 얼굴을 떠올리자 그날의 묘한 기분이 되살아났다.

에듀케이션

1

　기자들이 와서 아버지를 인터뷰했는데 좋은 일로 한 건 아
니었다.

　선생님. 지금 이거 문을 닫고 해야 하는 것 아닌가요?

　이 더위에 어떡해요 그럼. 문 닫고 하면 사람들 다 죽지.

　선생님.

　왜요.

　인터뷰가 끝나고 기자가 돌아가자 아버지는 다시 일을 시작
했다.

　하지 말지.

　뭐 잘못한 거 있다고 피하냐.

잘못했다는 게 아니라요.

잘못한 거 하나도 없다.

잘못됐지, 뭘.

끝까지 한마디 하긴 했는데 더는 아버지의 기분을 상하게 하고 싶지 않았다. 나는 얼른 공장을 나와서 집으로 갔다. 기계 돌아가는 소리가 점점 멀어지는가 싶으면 매미 울음소리가 커졌다. 나는 뛰었다.

집 앞마당에서 우유가 놀고 있었다. 우유는 누렁이고, 이름은 아버지가 지었다. 우리 집 강아지들 이름은 대대로 우유다. 몇 십 년을 불러도 입에 잘 붙지 않아서 바꾸고 싶은데 아버지가 안 된단다. 우유랑 잠깐 놀아 주다가 더워서 들어왔다. 얼른 반찬 몇 가지를 만들어서 노량진에 가야 한다. 아름과 형국이 시험 준비를 하느라 노량진에 나가 있다. 벌써 6년째다. 그래서 그런가. 만날 때마다 느끼는 건데, 둘 다 성격이 점차 다양해지는 것 같다. 어떨 때는 지나치게 긍정적이었고 어떨 때는 곧 자살할 사람처럼 굴었는데 둘이 번갈아 그러다 보니까 내 입장에선 좀 그랬다. 아름과 형국은 처음엔 같이 살다가 1년도 못 되어 따로 살기 시작했다. 덕분에 내 일만 늘었다. 같은 반찬을 양쪽에 갖다 줘야 했으니까. 따로 갖다 주기 시작했더니 각자 자기 입맛에 맞게 요구까지 해 왔다. 그게 반대로 배달된 적도 있어서 그 후론 반찬 뚜껑마다 표시를 한 뒤 마지막까지 철저하게 확인한다. 아름은 내 동생이고 형국은 고모의 하나밖에 없는 아들이다. 작년까지만 해도 둘이 돌아가면서 좀 논 모양인데 올 초에 떨어진 후로 경각심이 들었는지 하루도 논 적이 없다고 한다. 희한하지? 아름과 형국은 자기들보다 더 논 것 같은데도 시험에 붙은 사람들을 많이 알고 있었다.

음식을 싸 갈 때면 사 먹기 힘든 것으로 메뉴를 정해야 해서 늘 고민이 많았다. 내가 할 줄 아는 것들은 어쩐 일인지 술안주 같은 것이 많아서 애매했다. 둘 다 피클을 좋아해서 그제 직접 피클을 담갔는데, 맛있긴 한데 너무 시어서 걱정이다. 두 배 식초인 줄 모르고 부어 버려서 배합에 실패한 것이다. 아버지도 내가 만든 피클에다가 술을 잘 마시는데, 그럴 땐 늘 이만과 함께다. 이만은 4년 전 우리 공장에 들어온 필리핀 청년인데 아버지의 베스트 프랜드다.

나는 팽이버섯을 얇게 썬 고기로 말아 간장 양념을 해서 두 통에 나눠 담고 피클과 세 가지 젓갈, 감자 샐러드, 감자볶음, 감자조림을 담아 차곡차곡 종이 가방에 넣었다. 감자가 두 박스나 있어서 어쩔 수 없었다. 나는 오후 4시쯤 양손에 종이 가방을 하나씩 들고 노량진으로 출발했다.

약속 시간보다 일찍 도착해서 역 근처 카페에 들어갔다. 주문은 하지 않았지만 더워서 밖에 서 있을 수 없었다. 수업을 마치고 온 아름과 형국을 만났다. 우리는 카페에서 나왔다.

뭐 먹을래?

별로 생각 없어.

나도.

우리는 일단 걸었다.

다시 들어가야 해.

나도.

근데 저거 컵 밥 정말 맛있니?

나로서는 그것이 정말 궁금했고 그 거리는 활력이 넘쳐 보였다. 뉴스에서 보면 늘 낙방만 하는 좌절 상태의 아름과 형국 같은 젊은이들이 가득할 줄 알았는데 자신감 넘치는 밝은 사람들도 많았다. 나는 오히려 내가 무기력한 것은 아닌가, 생각했다. 우리는 작은 횟집으로 가서 술 없이 회만 시켰다.

요즘은 좀 어때.

요즘에 잠을 잘 못 자.

형국이 먼저 말을 꺼냈다. 잠을 잘 못 잔다는 말에 나도, 아름도 놀랐다. 아름과 형국도 한동네에 살지만 각자 잠자는 시간 외엔 학원에 있어서 거의 만나지 못한다고 했다.

어떡하냐.

응, 그래서 꿈 동호회에 가입했어.

뭐?

뭐야 그게.

한잔할까?

회를 한 점 먹은 형국이 입맛을 다셨다.

시키자.

내가 소주를 주문했다. 아름도 한잔 받았다. 우리는 누가 먼저랄 것도 없이 술잔을 비웠다. 우리 셋은 어릴 때부터 늘 함께 술을 마시곤 했다.

꿈을 너무 많이 꿔서 매일 검색을 해 보다가 얼마 전에 꿈 동호회에 가입했어. 그냥 매일 눈을 뜨자마자 꾼 꿈을 수첩에 적는 거야. 그냥 적기만 하면 되어서 크게 시간 뺏길 일도 없구. 그걸 좀 생각해 보다가 몇 명 모여서 이야길 하는 건데 좋은 것 같아.

몇 명이서?

다섯 명?

목적이 뭐야?

자기 자신을 돌아보는 거야. 요즘은 그게 삶의 낙이야. 좋아.

너 빼고 다 여자지?

음, 그렇긴 한데.

그거구만.

정말 아니야.

야한 꿈 꾼 것도 다 얘기하냐?

음.

재밌겠다.

누나. 나 요즘 너무 착하게 살아.

니가?

고작 5개월 정도 착하게 산 모양인데 아름은 평생 착하게 살아온 것처럼 의기양양했다. 아름은 담배를 끊고 어떤 여자도 만나지 않았다고 했다. 나로서는 저게 얼마나 가려나 싶었는데 아름은 새사람이 된 것처럼 당당했다. 이제 나만 똑바로 살면 고모나 아버지도 한숨 놓을 텐데. 우리는 소주 네 병을 마시고 일어났다.

뭐야, 인제 7시 반이다.

그러게.

한잔 더 하고 싶다.

가야지.

컵 밥 사 가.

어. 3000원만. 카드밖에 없어.

우리한테 삥을 뜯다니.

역시 누나야.

아, 시팔. 반찬 놓고 왔다.

우리는 다시 횟집으로 가서 반찬이 든 종이 가방을 챙겨 나왔다.

잘들 가.

어.

나는 제육볶음에 숙주나물과 햄, 달걀 프라이까지 얹혀 있는 가마솥 컵 밥을 포장했다. 내가 주문한 것은 컵이 아니라 냉면 대접만 한 일회용 용기에 담아 주는 건데 두 명이 먹어도 거뜬할 정도로 양이 많았다. 사고 나니 이걸 들고 어떻게 집까지 가나 싶었지만 가긴 가야 했고, 저것들은 언제 시험에 붙으려나 싶었지만 나보단 나은 것 같았다.

2

돌아오는 길이 멀었지만 나는 돌아다니는 것에 익숙했다. 왜 그랬는지 모르겠는데 우리는 어릴 적에 전국으로 이사를 다녔다. 아름은 그걸 잘 기억하지 못했는데 나는 전부 기억하고 있었다. 서울에서 대전으로, 논산으로 고창으로, 원주에서는 짧게 몇 달. 그러다가 가장 오래 머문 게 인천이었다. 인천에서는 7, 8년쯤 살았는데 고모의 제안으로 인천을 떠나 이곳에 터를 잡았다. 인천에서 더 살았으면 거길 고향으로 삼고 싶었는데 여기 온 지도 벌써 16년이 다 되어 간다. 이제 여기가 고향이 되어 버린 셈이다.

고모가 한마을에서 살자고 제안했을 때 아버지는 빚을 내 공장을 지었다. 땅값 때문에 산업 단지가 아니라 마을에 공장을 지었는데 처음엔 몇 없던 게 몇 년 전 불어닥친 규제 완화 때문에 지금은 포화 상태다. 마을은 공장에 포위된 것처럼 보인다. 그건 주변 마을도 마찬가지다.

집에 오니까 그새 또 배가 고파서 포장해 온 컵밥을 먹었다.
정말 내 입맛에 잘 맞아서 맛있게 먹었다. 노량진에는 맛있고
저렴한 음식점들이 많다. 내가 느끼기엔 그랬다. 나는 마당으로
나가 우유의 밥그릇에 사료와 물을 채워 주고 들어왔다. 아버지
는 아직 공장에 있는 듯했는데 거기서 이만과 자주 저녁을 해
결하고 들어왔다. 그렇지 않아도 힘들게 사는 청년에게 밥을 얻
어먹고 들어오는 사람이 아버지다. 나도 이만의 음식을 먹어 본
적이 있는데 필리핀 음식인지 한국 음식인지는 모르겠지만 아
무튼 솜씨가 괜찮았다.

이만은 여기 오기 전 양계장에서 일했다. 양계장에 딸린 쪽
방에서 살면서 휴일도 없이 푼돈을 받아 가며 일한 것이다. 그
렇게 3년 넘게 일하던 걸 고모가 탈출시켜서 아버지 공장에 넣
어 주었다. 고모는 어느 일요일에 닭을 보러 갔다가 이만을 보
게 되었고 어쩐지 느낌이 이상해서 여러 번 물은 끝에 이만이
착취를 당하며 지내고 있다는 대답을 듣게 되었다. 양계장 주
인은 결혼을 세 번 한 남자였는데 처음엔 협박 비슷한 걸 하면
서 길길이 날뛰다가 신고하지 않는다는 조건으로 내어 준 모양
이었다. 그 쪽방에서 이만은 주인 남자의 의붓아들 둘과 함께
지냈다. 이만은 아버지의 공장에서 일주일에 닷새 동안 일하고

양계장에서보다 세 배 더 많은 돈을 받았다. 이만은 아버지를 비롯해 우유에게도 잘했다. 물론 나에게도 잘하는데 나는 그건 좀 싫다. 이만과 잘되는 것을 상상이라도 해 보려다가 행여 꿈에라도 나올까 식겁했다. 최근에 꿈을 자주 꿔서 형국이처럼 꿈 수첩을 머리맡에 놓아두었거든.

나도 꿈을 갖고 싶다. 나만 꿈이 없다.

놀고먹는 것?

놀고먹는 것.

예전엔 잠깐 하고 싶은 것이 있었던 적도 있었다.

나는 금요일이라고 해서 딱히 다른 날과 다르지 않았는데, 아버지와 이만은 신이 나 있었다. 아버지와 이만은 종종 함께 영등포에 갔다. 여기서 한 번에 가는 버스 노선이 있어서 일단 이동이 편했다. 강남역이나 홍대에 가는 버스가 있었어도 영등포로 갔겠지만.

그도 그럴 것이 아버지에게 영등포는 역사가 오래된 곳이다. 말하자면 아버지가 좋아하는 곳. 인천에 살 때부터 아버지는 영등포엘 다녔다고 한다. 한껏 멋을 부리고 1호선을 탔을 아버지. 젊은 아버지는 일요일마다 영등포의 뉴욕 카바레에서 춤을 췄으며 푸른 극장에서 영화도 봤다. 물론 여자와 함께였을 것이다. 지난봄인가? 이만 말로는 뉴욕 카바레가 개업 61주년이라면서 이벤트로 꽤 비싼 양주를 풀었다고 했다. 이만은 한국말을 곧잘 하는데 양계장에서는 네라는 대답 말고는 말할 일이 거의 없어 더듬거리던 게 여기 와서 초고속으로 늘었다. 머리가 좀 있는 것 같다.

버리지 마세요.

퇴근 시간 전에 공장에 가서 아버지에게 신신당부를 했다. 금요일 저녁이면 단속이 덜해 오염 물질을 내다 버리는 공장이 많아서 동네 전체가 악취로 가득 찼다. 나는 공무원은 아니었지만 금요일 저녁에 아버지를 단속하고 집 청소를 했다.

아버지는 토요일 오전 11시쯤 들어왔다. 또 왔군. 요즘엔 주말이면 환경 단체와 기자들이 자주 다녀갔다. 아버지는 앞마당에 서서 담배를 피우며 멀리 사람들을 바라보았다. 우유도 아버지 옆에서 사람들이 왔다가 가는 걸 지켜보았다. 원래도 뒤숭숭했던 게 선거를 앞두고 있어서 그런지 폭풍 전야 같았다. 작은 것 하나만 삐끗하면 큰 싸움으로 번졌다.

3

사흘 후 치러진 선거 결과는 예상대로였다. 그날은 종일 우유를 보지 않고 있다가 늦은 저녁에 물을 주러 갔는데 우유가 움직이지 않았다. 우유는 언제부터 움직이지 않았을까. 왜 그날 따라 종일 우유를 보지 않고 늦은 저녁에 물을 주러 갔지? 아버질 불러서 우유를 흔들어 봤는데 허사였다. 우리는 우유를 땅에 묻었다. 우유가 살던 땅에. 우리는 계속해서 우유에게 미안하다고 사과했다. 무엇이 미안한가 하면 모든 것이었다.

아름이한테 얘기하지 말어.

아버지가 눈물을 훔치면서 말했다.

그 주 주말은 장날이었다. 아버지와 이만이 장엘 가는데 나도 같이 가게 됐다. 이만과 같이 가는 건 싫었는데 그렇게 되었다. 우유를 사러 나간 것이었다. 아버지는 여기 와서부터 강아지를 키우기 시작했는데 깜둥이도 누렁이도 흰둥이도 하여간 이름은 전부 우유였다.

우유 죽어서 슬퍼? 슬프지?

이만이 자꾸만 말했다.

그럼 안 슬프냐?

괜히 화를 냈다.

시끄러워, 빨리들 와.

아버지가 뒷짐을 지고 앞서 걸었다.

시장 입구에서부터 인삼 냄새가 진동했다. 이만과 나는 얌전히 아버질 따라 걸었다. 내가 탐탁지 않은 표정으로 이것저것 구경을 하고 있는데,

먹을래?

이만이 물었다.

뭘?

저거, 튀김.

내가 대답을 못 하고 어물쩍거리자 이만이 턱짓으로 인삼 튀김 집을 가리키며 말했다.

아까부터 튀김집 나올 때마다 계속 봤잖아.

내가 그랬나? 생각하는데 아버지가 소리쳤다.

얼른 하나씩 처먹어!

나는 약간 머쓱했지만 못 이기는 척 튀김을 집어 들었다. 한 뿌리에 1500원. 아버지는 먹지 않았고 이만과 나만 먹었다. 계산은 이만이 했다.

이만과 나는 야채며 과일, 닭과 돼지고기 등을 샀다. 텃밭에서 딴 채소들로 밥상을 차릴 수는 없으니까. 건강을 생각해 조용하고 안정된 노후를 즐기러 도시에서 온 사람들은 팔리지 않는 집 때문에 오도 가도 못한 채 지낸다. 좀 알아보고 오셨어야지라는 말 말고는 달리 위로하기도 힘들다. 산업 단지 내 집진 시설이 갖춰진 곳은 상황이 좀 나은 모양인데 이 근처 마을은

답이 없다. 나도 얼른…… 이곳을 떠야 할 텐데.

천막을 사이에 두고 뒤쪽에서 연기가 피어올랐다. 익숙한 냄새였다. 해가 쨍쨍한 데다 바람 한 점 불지 않아서 냄새는 고스란히 장터 내에 고였다. 천막 앞쪽에는 개, 고양이, 닭, 오리 등이 있었고 아버지는 그 앞에서 허리를 숙이고 유심히 강아지들을 관찰했다. 보아하니 아버지는 새까만 강아지가 마음에 드는 모양이었다.

이놈으로 할까.

초코 우유네.

아메리카노.

뭐이?

아버지가 구겨진 만 원짜리 세 장을 주인에게 건넸다. 아버지는 결정이 빨랐다.

이제 이놈 샀으니까 짜장면 먹자.

아버지가 그렇게 말하고 몸을 틀었다.

먹고 와서 살걸 그랬잖아.

내가 말했다.

아버지는 잠시 고민하는가 싶더니 주인에게 방금 산 강아지를 내밀었다.

이놈 잠깐 맡아 주쇼. 짜장면 먹고 와서 찾아갈 테니까.

걱정 말고 댕겨오세요.

주인이 호기롭게 말했다.

우리는 단골 손짜장 집으로 갔다. 전국에서 찾아오는 유명 맛집인데 전면이 통유리여서 밖에서도 수타로 면을 만드는 모습을 볼 수 있었다. 홀은 넓었고 테이블은 거의 만석이었다. 우리는 중앙에 자리를 잡고 앉아서 모두 짬뽕을 주문했다. 오징어나 낙지 같은 게 한 마리씩 통으로 올라간 왕짬뽕이었다. 갈빗대가 올라간 짬뽕도 있었는데 우리는 해물로 했다. 짬뽕을 주문하고서 이만이 어쩐지 초조해하는 것 같았는데 아버지가 내게 말했다.

소주 시켜라.

네.

나는 손을 번쩍 들었다.

처음처럼 드려요, 후레시 드려요?

후레시지?

아버지가 고개를 끄덕였다. 술이 먼저 나오자 아버지와 이만이 서로 주거니 받거니 했다.

안주도 없는데.

내가 말했더니

단무지,

하면서 이만이 식초를 뿌린 단무지를 아작아작 깨물어 먹었다. 짬뽕이 나오고 술병은 순식간에 늘어났다. 아버지는 탕수육 작은 것을 주문했다.

이것만 먹고 가는 거여.

아버지가 말했다. 이걸 다 마시기 전에 아버지에게 얘길 한 번 하면 좋겠는데 입이 잘 떨어지지 않았다. 나는 헛기침을 몇 번 하고서 입을 떼었다.

아빠…….

…….

…….

뭐이?

아니야.

아야, 뭐이?

아니라구.

말을 못 하겠다. 이대로 먼지 섞인 밥이나 매일 하다가 죽는 건가 싶어 술을 많이 마셨다. 어쩐지 나는 무언가를 요구하면 안 될 것 같다. 아무리 철없을 때 한 짓이래도. 그때의 나도 내가 맞았다.

아버지가 취한 바람에 이만 혼자 장에 가서 우유를 데리고 왔다. 이만이 올 때까지 아버지와 나는 별말 없이 있었다. 장 본 것도 있고 해서 짐이 좀 많았는데 모두 이만이 들었다. 셋 다 술을 마셔 운전을 할 수 없었다. 아버지는 이미 음주 운전으로 면허가 취소된 상태여서 나라도 조심해야 했다. 나까지 운전을 못 하게 되면 불편한 게 많았다. 우리는 운 좋게 장을 보러 나온 뒷집 아저씨를 만나 겸사겸사 운전을 맡기고 집으로 올 수 있었다. 아버지가 계속 그냥 운전을 하자고 했지만 좀 기다려 보길 잘했다. 아저씨도 집에 편하게 왔으니 서로 잘 된 일이었다. 아저씨와 아버지는 강아지 이야기를 하면서 돌아왔다. 집으로 돌아와서는 까만 우유를 앞마당에 풀어놓았다. 이만은 우유를 좀 쓰다듬어 주더니 자야겠다면서 집으로 갔다. 아버지도 마루에 눕더니 코를 골기 시작했다.

4

고등학교 때 호기심에 아버지 담배를 피워 봤는데 그 후로 못 끊었다. 온 마을이 공장 천지여서 어디든 숨어 피우기에 좋았다. 어디든 숨을 수 있다는 건 숨지 않은 거나 다름없었다. 그러다가 아름과 형국도 같이 술을 마시고 담배를 피웠고 고3 때는 선배와 사귀다가 졸업을 하는 둥 마는 둥 하고 그를 따라 사설 도박장에서 일했다. 뭐…… 동거를 한 셈인데 에쿠스를 타고 다니면서 몇 년간 사모님 소리도 들었다. 선생들은 내게 '니가 제일 골 때린다'고 말했다. 몇 년 살았나? 내가 에쿠스에서 내리는 데는 그리 오래 걸리지 않았다. 선배에게 다른 여자가 생겨서 헤어졌는데 헤어질 때 받은 돈으로 방을 얻어 부천에서 좀 지냈다. 그러다 선배가 구속되었다는 얘길 전해 들었다. 친구들은 그때 하늘 위로 학사모를 던지고 있었을 것이다.

내가 얻은 원룸에는 전에 살던 사람이 놓고 간 스무 권쯤 되는 책이 있었다.

버린다는 게.

아니요. 그냥 두세요.

나는 집 근처 호프집에서 아르바이트를 하면서 낮엔 그 책들을 읽었는데 얼마 되지 않는 첫 월급을 탄 날에는 서점으로 가 21만 원어치 책을 사서 다음 계절을 버텼다. 나는 현금으로 책을 샀다. 몇 개의 계절이 지나고 나는 집으로 돌아와 방을 뺀 돈으로 대학엘 입학했다. 수능은 안 봤다.

5

해가 길었다. 아버지는 낮잠을 길게 자고서 저녁 8시가 다 되어서야 일어났다.

아름인 지 하고 싶은 거 하잖아.

나는 아버지가 눈을 뜨자마자 다짜고짜 따져 물었다.

뭐이?

솔직히 걔가 될 것 같아?

갑자기 뭔 소리냐?

됐어.

아버진 늘 이런 식이야, 라고 생각했는데 아버지가 말했다.

넌 왜 늘 이런 식이냐?

6

아름의 시험을 앞두고 나는 갈비찜과 잡채를 큰 통에 담아 노량진엘 갔는데 이번에는 아름의 원룸으로 가기로 했다. 대문을 나서는데 까만 우유가 꼬리를 살랑살랑 흔들었다.

쭈쭈, 금방 올게, 인사를 했더니 죽은 우유가 생각났다.

노량진 말고 그 옆에 노들역이라고 있어. 거기서 내려.

아름이 메시지를 보냈다.

아름이 시험을 치른 6년 동안 시험제도는 매년 조금씩 달라졌고 아름은 지난 시험에서 최종까지 가기도 했다. 전체 과목 평균이 높아도 한 과목이 과락이면 불합격이던 게 바뀌기도 했고 없던 과목이 생기기도 했다. 아름은 늘 자기가 붙을 거라고 생각한 모양이었는데 늘 불합격이었다. 매너가 좋아서 여자들이 따랐으므로 불합격 소식 이후엔 여자나 만나고 다녔다. 최종 면접까지 갔을 때는 모두가 합격이라고 생각했는데 일이 안 되려니까 이렇게 되었다. 아름도 그땐 충격이 컸던 모양인지 술에 취해 양말 장사를 하겠다며 트럭을 사 달라고 행패를 부리기도 했다. 아름과 같이 놀던 친구들은 이제 전부 사회인이 되었다.

사실 내가 아름과 형국에게 죄책감이 없는 것은 아니다.

아름과 형국은 제대 후 다니던 대학을 휴학하고 나란히 공부를 시작했다. 나는 그때 집에 없었다. 동네에는 나에 대한 안 좋은 소문이 가득했고 그 소문은 거의 사실이었으며 나는 쉽게 돌아올 수 없었다. 내가 돌아왔을 때 아름과 형국은 몇 년간의 불합격에 낙심해 다시 학교로 돌아갔고 졸업을 하고 와서는 아예 짐을 싸서 노량진으로 간 뒤였다. 나는 돌아오자마자 고모를 찾아가 무릎을 꿇었고 집안일을 도맡았다. 고모는 쉽게 용서해 주었지만 나는 매일매일 집 안팎을 열심히 닦았다.

나는 친구도 없어서 아버지의 건강을 챙기며 틈틈이 책을 읽었다. 언젠가는 나도 글을 써야지, 그런 생각도 종종 했지만 그럴 일은 없을 것 같았다. 그간 고모나 아버지는 내게 앞으로 어떻게 살 거냐, 라든가 요즘 어떠냐, 라든가 하는 것을 한 번도 물은 적이 없다. 요즘 어떨 게 없어 보였을 것 같다.

아름의 원룸은 네 평이지만 깨끗하고 에어컨이 있어 좋았다.
깨끗하네.
그럼. 행국이 방은 존나 드러워.
이거부터 넣어.

아름이 무릎을 꿇고 냉장고 문을 열었는데 냉장고가 워낙 작아서 다 들어갈까 싶었다. 아름이 낑낑대며 반찬 통들을 꺼냈다가 다시 자리에 맞게 집어넣었다.

진짜 시원하다. 아빠가 에어컨을 안 사.

그래서 내가 집에 안 가는 거야.

그럼 그동안 일부러 떨어진 거야?

에어컨 때문에.

니가 이번 시험 붙어서 아빠한테 말 좀 해 봐.

걱정을 마셔.

요즘은 긍정적인 편인 것 같았다.

야, 우리 말이야. 엄마가 있었으면 어땠을 것 같냐.

엄마?

응.

있으면 좋지.

그게 다냐?

그럼 뭐가 더 있냐?

우리는 노량진에서 형국을 만나 저녁으로 즉석 떡볶이에 사리를 많이 추가해 먹었다. 아름과 형국이 각자의 학원으로 가고 나는 노량진 거리에 오래 서 있었다. 거기 서 있다가 그대로 혼자 피난길에 오르는 상상을 했다.

고모가 나를 불러 부탁할 것이 있다고 아침부터 전화를 했다. 나는 뭔데요? 하고 묻지도 않고 네, 하고서 점심을 먹은 다음 고모네 집으로 갔다. 고모네 옆집은 이 동네에서 400년 동안 대를 이어 살아온 집인데 최근 3년 사이 식구들 중 세 명이 암으로 죽었다.

고모네도 덥네.

이 정도 갖고.

그러니까 고모 말은 고모가 봉사하던 아동보호 시설 원장이 구속되면서 흩어진 아이들 중 한 명을 나에게 부탁하겠다는 것이었다.

내가?

그래.

내가 선뜻 대답을 못 하고 있자,

겪준데 뭘 그래.

했는데 말하자면 일종의 통보인 셈이었다.

다음 주부터?

이번 주부터.

나는 그 주 토요일 오전에 고속버스 터미널로 그 애를 마중하러 갔다. 전날 여름비가 내려서 더위가 살짝 꺾인 상태였다. 그 애는 공주에서 한 살 위 형과 둘이 고속버스를 타고 왔다.

형이라고 해 봤자 공주에서 함께 사는 형이고 친형은 아니었다. 그 애가 사는 곳은 얼마 전 예능 프로그램에도 등장했는데 연예인의 아이들이 예절 교육을 받으러 간 곳이었다. 그 애는 함께 온 형이 할머니와 멀어져 가는 걸 멀뚱히 바라봤다.

진호야.

진호는 고개를 돌리지 않았다. 나는 그 애의 손을 잡고 버스 정류장으로 향했다. 거기서 광역버스를 타고 중간에 한 번 시내버스로 갈아타면 그리 먼 거리는 아니었는데, 안 그래도 오래 버스를 타고 난 뒤라서 그 애가 힘들까 신경이 쓰였다. 버스 안에서 진호는 말없이 창밖만 바라보았다.

시내에서 버스를 갈아타기 위해 내렸다가 대형 마트가 눈에 들어왔다. 무언가 맛있는 것을 사 주는 게 좋을 것 같았다.

진호야, 저기 마트 갈까?

진호가 대답이 없어서 손을 잡고 걸었더니 걷는 대로 따라왔다. 나는 진호와 지하 1층으로 내려갔다. 무슨 말을 해도 답이 없어서 내가 먹고 싶은 것으로 골랐는데 설탕 시럽을 잔뜩 바른 빵과 피자 바게트, 과자, 초콜릿 같은 것을 샀다. 고모와 아버지를 드리려고 단팥빵을 샀고 우유 주려고 오리로 만든 간식과 바비큐 모양을 한 장난감도 샀다. 어쩌다 보니까 짐이 꽤 되었다. 그리고 살까 말까 하다가 이만이 좋아하는 콩 통조림도 샀다.

시내버스로 갈아탔더니 진호가 조금 멀미를 하는 것 같았다.

집에 다 와 가.

고모한테 문자메시지를 보냈더니,

텔레비전을 보게 하면 돼. 같이 그림 그리거나 한글 알려 주면 더 좋고.

답장이 왔다. 진심은 뒤에 있는 거겠지.

아이들은 보통 강아지를 좋아할 줄 알았는데 그 애는 아닌 것 같았다. 그 애는 우유를 쳐다보지도 않았다. 낯을 가려서 그런 거겠지 하고 생각했다.

학교 다닐 때 샀던 동화책이 어디 있을 텐데.

나는 짐을 내려놓고 창고로 쓰는 방에서 책을 찾기 시작했다.

진호야, 이리 와 봐.

진호가 오지 않아서 나는 혼자서 계속 책을 찾았다. 워낙 오래전에 사긴 했는데 책을 버린 일은 없어서 이 방 어딘가에 있을 것이었다. 그러다가 그 방을 정리하기 시작했다. 마루에서 그 애가 쇼핑 봉투를 뒤져 빵 봉지를 뜯는 소리가 들려서 나는 안심하고 정리에 집중했다. 몇 시간을 헤매다가 잠시 바닥에 앉았는데 마루에서 방귀 소리가 들렸다. 똘배가 여기 있었군, 나는 뿌듯하게 책을 들고 방에서 나왔다. 나는 그 애 앞에 책을 두고 걸레를 빨아 다시 방으로 들어가서 책장이며 바닥을 닦았다. 창고 방은 거의 닫아 두고 살아서 붉은 먼지는 없었다. 방을 정리했더니 마치 목욕하고 새해를 기다리는 연말 같은 기분이었다.

연말 같다고 속말을 했더니 약간 욕 같은 느낌을 받았다.

　진호는 내가 찾아다 준 동화책을 보지 않은 것 같았고 덥다는 불평도 하지 않았다. 저녁에 같이 텔레비전을 보고 있는데 아버지와 고모가 함께 들어왔다.

　너구나!

　아버지가 진호에게 알은체를 했다. 그 애는 그저 무표정이었다. 아버지는 너구나, 이후로 그 애에게 별다른 관심을 보이지 않았는데 그 애는 그게 편한 것 같았다. 아버지와 고모는 아름과 형국의 미래에 대한 이야기를 했는데 말은 거의 고모가 했고 아버지는 듣기만 하면서 가끔 알아서 잘할겨, 라고만 했다. 내 생각에 알아서 잘하고 있는 건 이만 정도가 아닌가 싶다.

　진호는 한 달에 두 번, 둘째·넷째 토요일에 기숙 서당을 떠나야 했고 부모님의 거처가 불안정해 당분간 고모가 맡아 주게 된 건데, 고모는 그걸 다시 내게 맡긴 것이다. 고모와 함께 저녁을 준비하려고 부엌으로 갔는데 고모가 말했다.

　너한테 쟤를 맡긴 게 아니야.

　응?

　쟤한테 너를 맡긴 거지.

　에이, 고모, 농담도 참.

　나는 고모를 슬쩍 밀면서 웃었다. 고모는 그 애를 불러 물이 담긴 대접을 내밀었다.

　밖에 강아지 있지. 걔 이름이 우유야. 쪼꼬 우유. 갸 주고 와.

진호가 제 손보다 큰 대접을 받아 들고 마당으로 나갔다. 작은 손은 흙빛이었고 손톱도 길었다. 저녁을 먹고 씻긴 다음에 잘라 줘야지, 생각했다. 김치찌개와 달걀말이를 해서 다 같이 저녁을 먹은 후 고모가 그 애를 데리고 일어섰다.

오늘은 우리 집서 자는 게 낫겠어.

응.

나는 진호의 가방에 과자랑 초콜릿을 넣어 주었다.

그 애가 가고 나서 나는 문득 아름이 생각났다. 아름은 지금 우유가 죽은 것도, 진호가 온 것도 모른다. 앞으로 2주. 모든 것은 시험이 끝나고 말해 주기로 했다.

아빠, 아름이 이번엔 붙을까?

…….

또 떨어지면 어떡해?

…….

흠.

내가 한숨을 길게 쉬었더니, 아버지가 말했다.

너나 잘해라.

8

2주 사이 아버지가 이만을 집으로 데리고 와서 같이 술을 마신 적이 있는데 아버지가 화장실에 갔을 때, 이만이 내 손을 잡으려고 했다.

아름은 1차 시험에서 떨어지고 만취가 되어, 이름이 이게 뭐야! 경찰 이름으로 이게 가당키나 해! 이게 이름이야, 아름이야, 뭐야! 하고 난동을 부렸다. 나는 아름이 만취된 틈을 타 우유의 부고를 알렸다.

진호와 나는 그동안 여덟 권의 책을 함께 읽었고 지난 주말에는 크레욜라 사인펜과 스케치북을 샀다. 나는 기분이 조금 좋았다.

형국이 아름의 시험 결과를 모르게 하고 싶었는데 알게 된 모양이었다. 우리는 형국의 마음이 혹시 흐트러지지 않을까, 괜히 같이 심란해지지 않을까 걱정했다. 형국에게 우리가 함께 놀던 때를 돌이켜보면 어떠냐고 물은 적은 없었지만, 아무래도 모르겠다는 말 이상의 대답은 나오지 않을 것 같았기 때문에 나는 입을 다물었다.

시험 결과를 형국에게 왜 말했느냐고 뭐라고 좀 했더니 아름이 버럭 화를 냈다.
지금 나를 걱정해야지, 나를!

맞는 말이었다.

그래도 아름아. 산 사람은 살아야 하잖아.

죽으려면 혼자 죽어라 이거지?

뭐. 어쩌다 보니 말이 그렇게 되었다.

진호의 부모님은 모두 전맹인데 다행히 진호의 시력은 좋았
다. 아버지는 서른이 넘어서 사고로 시력을 잃은 경우고 어머니
는 유전으로 인한 시각 장애가 있는데 진호가 유전을 비켜 간
것이다. 나는 어느 날 우유의 몸으로 내 두 눈을 덮어 보았다.

9

이번 주에 진호는 금요일 저녁에 왔다. 진호가 그걸 원해서
였다. 나는 터미널에서 진호를 만나 9호선을 타고 노량진에 가
서 아름과 저녁을 먹었다. 햄버거를 먹었는데 아름은 두 개를 먹
었다.

요즘 뭐, 허하구만?

아닌데?

맞는데?

아닌데?

맞는데?

아름이 날 노려보니까 진호가 웃었다.

넌 왜 웃냐.

진호가 대답을 할 리가 없었다.

허한 게 뭔지나 알고 웃냐.

어쩐지 진호는 알 것만 같다고 나는 생각했다. 우리는 그것만 먹고 지하철과 버스를 갈아타 집엘 왔다.

고모네 들러 인사를 했더니 고모가 밤을 한 소쿠리 주었다. 물끄러미 밤을 바라보았더니,

여기서 딴 거 아녀.

고모가 말했다.

집이 안 팔리니까.

고모가 덧붙였다.

내일 점심 먹으러 와, 고모.

응.

나는 진호와 집으로 왔다. 집엔 아무도 없었고 나는 진호와 그림을 그리다가 딸기 우유와 딸기 맛 웨하스를 간식으로 먹었다. 내가 마루를 닦기 시작했더니 진호가 따라다녀서 걸레를 하나 주었다.

옳지. 니가 잘 데니까 니가 닦아야지.

진호를 보면서 고개를 한 번 끄덕였더니 진호가 움직이기 시작했다. 그 애는 100미터 단거리 선수처럼 탁, 튕겨 나가듯 스타트를 한 것 같았고 나는 마치 국가대표 코치가 된 기분이었다.

아버지는 토요일 정오쯤 이만과 함께 들어왔다.

싫었지만 이만도 함께 점심 식사를 하기로 했다. 하여튼 아버지는 이만을 정말 좋아한다. 아버지는 이만의 방에서 술 같은 것을 자주 얻어먹으니까 가끔은 이만을 집에 데려와 함께 밥을 먹곤 했다. 닭이라도 삶아야 보충이 좀 될 텐데 오늘은 카레였다. 물론 이만은 카레를 좋아했고 카레는 몸에 좋은 음식이긴 했다. 원래도 부지런하지만 고모까지 와서 그런지 이만은 전보다 더 많이 움직이면서 상도 펴고 수저도 갖다 놓고 괜히 분주하게 굴었다.

우리 이만이가 행국이보다 낫네.

고모의 칭찬은 이만을 춤추게 해서 실제로 이만은 필리핀 노래를 흥얼거리기도 했다. 뭐, 어젯밤의 흥이 가시질 않은 건지도 모르지만. 이만은 상이 다 차려질 무렵 마당으로 잽싸게 나가 우유 밥그릇까지 확인하고 왔다.

밥을 먹고 이만이 설거지를 하려고 해서 여러 번 말렸다. 이만은 요구르트를 쪽쪽 빨면서 공장으로 갔고 아버지는 마루에 누워 텔레비전을 보다가 잠들었다. 진호가 엎드려서 그림을 그리니까,

밥 먹고 엎드리면 체한다.

고모가 말했다. 고모와 나는 한쪽 다리를 접고 앉아 생밤을 까기 시작했다. 밤 하나를 깠을 뿐인데 양손 모두 몹시 아팠다.

나는 더 깔 수 없을 것만 같았지만 다시 하나둘 최선을 다해 깠다. 하나하나 깔수록 나는 내가 밤을 잘 간다는 사실을 깨달아 갔다. 나는 고모보다도 밤을 잘 깠다.

어떤 집들은 소송 중이고 어떤 집들은 집값 떨어진다고 쉬쉬하잖니.

그러게요.

진호도 조금 해 보고 싶어 했는데 칼이 위험해서 깐 밤이나 먹으라고 잘 타일렀다. 원래 밤이 예뻤지만 내가 정말 잘 까 놓아서 대회가 있다면 출품하고 싶은 심정이었다. 한 시간 반 동안, 아니 한 시간 반 동안 나는 스무 개 정도의 밤을 깠다.

생밤을 까는 건 정말 정성이야, 고모.

뭔들 안 그렇겠니.

나는 휴대전화 카메라로 깐 밤을 찍고, 몇 개 빼놓고, 냉동실에 넣었다. 고모가 내년 보름에 밥에 넣어 먹겠다고 말했다. 너무 오래 기다려야 하는데 그 전에 먹고 싶을 때 먹으면 되지 않느냐고 했더니 안 된다고 했다. 나는 알았다고 하고 생밤을 깨물어 먹었다. 밤을 쥔 손이 파르르 떨리면서 경련을 일으켰다. 고모가 손을 주물러 주었다. 밤을 까면서 나는 이런저런 생각을 많이 했는데 그냥 생각만 하고 있을 때보단 훨씬 행복했다.

10

진호는 공룡 박사가 되었고 진호의 꿈은 공룡을 만나는 것이었다. 나는 진호에게 꿈을 꾸었을 때 그것을 기록할 수 있게 수첩과 펜을 주었다. 그 펜으로 수첩에다가 지노진호라고 써 주었다. 앞으로는 두 번 중에 한 번, 진호를 구로에 있는 진호 아버지에게 데려다 줘야 한다. 아버지라는 말만 들어도 진호는 씩 웃는다.

아무래도 이사를 가야 할 것 같아,

하고 아버지에게 말했더니 아버지는,

뭐이?

하고 만다. 어쩌면 나는 내가 생각하는 것보다 진취적일 거라는 생각이 들었다. 아버지는 이만이 필리핀에 다녀올 수 있도록 휴가를 주면서 유급이라는 것을 재차 강조했다. 고모는 시에서 추진하는 역학 조사에 참여했고 내게 진호를 잘 봐 주어서 고맙다고 말했다. 물론 고모는 진호에게도 고맙다고 말했다. 나는 다음 선거를 기다리면서 내가 할 수 있는 일이 살아 있는 것 말고 무엇인지 생각했다. 그저 살아 있는 것, 그것밖에는 없을까. 살았다고 말할 수 있게 살고 싶다.

요 며칠 가을비가 내렸다. 조금씩 종일 그랬다. 나는 꿈을 잘 꾸지 않아 빈 페이지가 많은 수첩을 꺼내서 되게 짧았던 것만 같은 내 인생을 천천히 돌아보기로 했다. 나는 자신이 없었지만 자신이 있었다.

누나. 나 여자 친구 생겼어.
뭐이?
내가 아버지 흉내를 내자 아름이 오랜만에 크게 웃었다.
누나도 이만 형이랑 잘해 봐.
이만은 좋은 사람이었지만 그건 싫었다.

형국의 시험이 다가오고 있었다. 아름이는 형국이가 어떻게 되길 바랄까. 아름의 속마음을 새로 사귄 여자 친구는 알고 있을 것이다. 나는 궁금했지만 내 생각대로라면 우리는 좋은 사람이 아닐 수도 있었다.

나는 그제 기타 학원에 등록했다. 버스로 40분 거리. 등기소 근처에 있는 TOP 실용음악 학원이었는데 첫 수업 때 만난 기타 선생님을 보자마자 지현우를 닮았어 하고 생각했다. 기타를 손으로 쳤는지 발로 쳤는지도 모르게 레슨 시간이 끝났다.

그 주 주말은 진호가 아버지를 만나기로 한 날이었는데 진호 아버지가 사정이 있다며 만남을 미뤘다. 나는 진호와 집에 가는 버스를 오래 기다렸다.

진호야, 지현우 알아?
진호가 고개를 끄덕였다.

진짜? 지현우를 안다고?

진호가 또 고개를 끄덕여서 나는 기분이 좋았다. 버스가 왔고 나는 진호에게 마스크를 씌워 주었다.

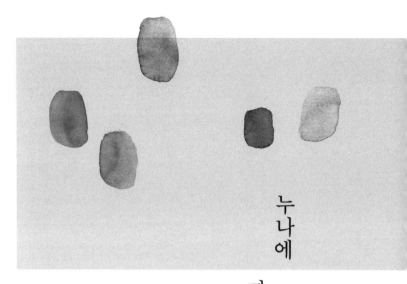

누나에

따르면

1

또 한 번의 짝사랑이 끝났다. 혼자서는 이 기분을 어찌해야할지 몰라서 누나에게 전화를 걸어 만나자고 했다. 우리 집과누나의 집은 걸어서 20분 거리.

내가 술을 사 갈게요.

슈퍼에서 소주 두 병을 샀다. 누나와 나는 종종 동네 여관에서 술을 마시곤 했다. 섬에는 여관이 두 군데 있다. 오늘은 슈퍼바로 옆 여관.

누나. 왜 여자애들은 나를 좋아하는 것처럼 하다가 꼭 내 친구랑 사귀는 걸까요.

내가 묻자,

이런 시정마 같은 새끼.

누나가 말했다.

누나. 시정마가 뭐예요?

내가 되물었을 때 엄청난 굉음이 들려왔다. 여관방의 창문이 깨지면서 그대로 무너져 내렸다. 우리는 들고 있던 일회용 소주 잔을 꽉 쥔 채 용케 다시 중심을 잡았다.

우리는 대피했다. 마치 훈련 중인 것처럼 군인들이 움직였다. 늘 보던 모습이었지만 표정이 달랐다. 여객선에 있던 여행객들은 전쟁이라도 난 것처럼 호들갑을 떨었고 초등학생들이 울었다. 면사무소 직원들이 사람들을 진정시키기 위해 노력했다. 어디선가 나타난 취재진들의 열기가 대단했다. 그들은 우리에게 카메라를 들이댔다. 나는 대피소 안 가장 구석으로 누나와 움직였다. 구석으로 숨긴 했지만 표정은 최대한 담담한 척하려 노력했다. 그러나 소변을 보다가 문득, 나를 버린 년에 대한 미련이 말끔히 사라지고 없다는 것을 깨달았다.

컵라면에 뜨거운 물을 받아 저녁을 해결했다. 다른 사람들은 라면은커녕 물도 먹지 않고 뉴스만 봤다. 두 명이 죽었다고 했다. 여관에서 그리 멀지 않은 지하 방공호에서 누나와 나는 17시간을 보냈다. 다음 날 아침 거의 모든 주민들이 배를 타고 섬을 빠져나갔다. 부둣가 찜질방에 임시 대피소가 마련돼 있었다. 우리는 섬에 남았고 다시 시정마에 관한 얘기를 이어 갔다. 해안 경찰서 근처의 작은 다방이었다.

다방이 아직 문을 열지 않아 우리는 한 시간가량 방파제 주변을 걸었다. 걷는 동안에 별 다른 말은 안했다. 아직 가을이었지만 바닷바람이 차서 그런지 괜히 겨울 같다는 생각이 들었고 여름이 그리웠다.

지선 아주머니를 발견했을 때 누나와 나는 어린아이처럼 기뻐했다. 이 와중에 다방 문을 열다니. 우리도 우리지만 아주머니도 참 아주머니다. 우리는 난방과 따뜻한 물을 요구했다. 잠시 찬바람이 나오더니 곧 실내가 따뜻해졌다. 메뉴판을 받았을 때는 요구르트를 주문해 하나씩 마셨고, 그 뒤 커피를 추가로 주문했다.

저희 사이, 오해하지 말아 주세요.

누나가 아주머니에게 말했다.

그런 거 아니면, 쿵, 성인 남녀가 뭐 때문에 대낮부터 여관방에 가 있냐? 쿵.

지선 아주머니의 축농증은 평생 낫지 않을 모양이었다.

어떻게 아셨어요.

내가 물었다.

소문 다 났다.

아주머니가 말했다.

믿으실지 모르겠는데요, 저 누나랑 안 잤어요.

아주머니가 내 뒤통수를 갈겼다.

아니, 그러니까 진짜 오해하지 마시라구요.

괜히 한마디를 더 해서 두세 대를 더 맞았다.

애비 애미 없는 거 티내고 다니지들 말어. 쿵.

아주머니가 말했다.

뺑!

내가 장난을 치자 누나가 비명을 꽥 질렀다.

뺑! 그러지 않았어?

내가 말하자,

쾅! 그랬지, 이 새끼야.

라고 누나가 말했다. 나는 고개를 끄덕였다. 웬만하면 누나 말이 옳다고 해 주는 편이다. 지선 아주머니가 텔레비전 채널을 뉴스에 고정하고 그 앞에 앉아 누구를 향해서랄 것도 없이 말했다.

다들 무사하시지?

아주머니가 물었다.

네. 저희들 집은 괜찮아요. 아주머니는요?

내가 말했다.

우리 집도 괜찮아.

아주머니가 말했다.

다행이네요.

내가 말했다.

아무튼, 쿵, 고생들 했어.

17시간 있었으니까 약 서른네 명이 자살했을 시간이네요.

내가 말했다. 그리고 누나에게 물었다.

그러니까, 누나, 시정마가 뭔데요?

2

세상에는, 그런 게 있다. 이를테면 지하철 기관사의 하루처럼 누가 알려 주지 않으면 절대로 알 수 없는 것. 자세히 알려 줘도, 겪어 보지 않으면 절대 모르는 것들. 그러니까 내가 나름 섬을 벗어나 보겠다고 배를 타고 나와 아르바이트를 하던 중에 그년을 알게 됐다. 부둣가 근방에서 가장 싼 노래방이었는데 그년이 거길 거의 매일 왔다. 노래는 안 하고 카운터에 달라붙어 내게 이것저것을 물었다. 그래 놓고…… 내가 고백을 했더니 그년은 내가 자퇴생인 게 마음에 걸린다고 했다. 내가 자퇴생이어서 싫다는 건 핑계일 뿐이었다. 나는 그년이 속으로 내 친구를 좋아하고 있다는 것을 알게 되었다. 알지만, 혹시나 하는 마음에…… 그리고 또…… 어떤 것들은 모른 척하고 사는 게 편하기도 하고…… 또 내가 그년 마음을 이해하기도 했고, 굳이 자퇴를 해서가 아니더라도 내가 원래 생겨 먹은 게 멍청한 것 때문일까. 이럴 때 부모 원망이라도 하면 마음이 좀 나아질 텐데 싶다가도 언제까지나 부모를 원망할 수만은 없는 게, 부모가 없으니까. 없기도 하고 만약 살아 있었어도 이젠 클만큼 컸는데 계속 부모를 원망하면 사람들이 개념 없다고 무시할지도 모르고…… 따지고 보니 그년이 그렇게 나쁜 년은 아니잖아? 뭐 아무튼.

학교를 그만둔 건 순전히 자의였다. 가끔은 후회될 때도 있었다. 학교를 그만두고 나는 지하철 기관사처럼 외로웠다. 외로워서 바람이나 쐴 겸 방파제 사이를 오래 걷던 그날. 그러다 나도 모르게 바다 깊은 곳으로 가라앉은 나를 꺼낸 누나. 방파제에 내 몸을 아무렇게나 걸쳐 놓고는 숨을 씩씩거리며, 더럽게 무거운 새끼라고 말했던 누나. 내 마음을 직접 겪어 보기라도 한 듯 나를 웃겨 주었던 누나. 더럽게 무거운 새끼…… 나는 반쯤 기절한 상태에서도 그 말만은 똑똑히 들었다. 나보다 12킬로그램이 더 나가는 누나. 그게 무슨 상관이냐고 묻는다면 할 말은 없지만 아무튼 누나는 내게, 그렇게 말했다. 실제로 나는 깨끗한 편은 아니니 더럽게 어떻다는 건 영 틀린 말은 아니었다. 누나가 아니었다면 그날 나는 우리나라 자살율을 높였을 수도 있는데, 정말 죽으려고 했던 건 아니었다.

누나는 나보다 열 살이 많고 성격이 시원시원한 편이다. 가족은 둘이고 가족 모두 유쾌한 편인데 모두 직업이 없다. 물론 처음부터 그랬던 것은 아니고 누나가 일을 그만둠으로써 그렇게 되었다. 얼마 전까지 누나는 항공기용 기내식을 포장하는 공장에 다녔다. 누나의 어머니가 죽기 전까지 다니던 곳이었고 누나 역시 꼬박 10년을 그곳에서 일했다.

나의 미래의 아내. 나의 미래의…… 아내의 외할머니…… 그러니까……

누나의 외할머니를 나는 뭐라고 불러야 하지?

확실히 나는 남들보다 멍청한 것 같다. 그렇지만 내 성격도 누나만큼이나 시원시원한 편이어서 누군가 멍청하다 했다고 기분이 상한 적은 없다. 물론 누나는 늘 위트 있게 나를 놀렸고, 또한 그 위트라 함은 애정을 전제로 한 것이었기 때문에 20년 동안 당하고도 한 번도 화를 내지 않았다. 어쩌면 나는 전생에 석가모니였을지도 모르겠다. 석가모니라니! 멋지다. 나는 멋있다는 표현보다는 멋지다는 표현을 좋아한다. 느낌이 다르다. 멋지다는 말은 멋있는 삶을 살 수밖에 없는 운명이란 뜻이다. 그렇다면 조심스레 숙명이라고 할까? 숙명이라는 단어를 발음할 땐 왠지 마음이 비장해지면서 담배를 피워 물고 싶은데 그것 역시 숙명이라는 단어의 숙명이 아닐까 싶다. 뻔한 나의 상상력처럼 누나와 나 역시 숙명적으로 뻔한 운명을 타고 났다. 뻔한 운명이란 게 곧 숙명이니까.

방파제에 걸터앉아 바람이나 쐬면서 병신처럼 시간을 보내던 내가 검정고시를 본 것은 누나의 영향이 컸다. 학원을 좀 다녔는데 합격까지 남들보다 오래 걸렸다. 나는 그 긴 시간의 바닷속을 유영하면서, 남들보다 더욱더 뜨겁게 들끓는 삶을 향

한 열정을 재발견할 수 있었다. 특별한 계기가 있었던 건 아니고 남들보다 늘 뒤쳐져 살다 보니 자연스럽게 그렇게 되었다. 그리고 그런 삶에 대한 열정이란 게 실상 행동과는 전혀 상관이 없다는 것도 더불어 알게 되었다. 한편 전보다 멋져진 것치고 말이 좀 많아졌는데, 그건 정작 하고 싶은 말을 잘 못 해서가 아닐까 생각하고 있다. 핵심으로 한 방에 파고드는 법을 알려면……

나이를 좀 더 먹어야 하나?

누나는 올해 서른 살이 되었다. 누나는 지난 연말 노래방에서 「서른 즈음에」라는 노래를 불렀는데 다 부르고 난 뒤 마이크에 대고 이렇게 말했다.

나랑 안 맞아.

노래방을 나와 다시 술을 한잔하러 갔을 때 누나는 그 노래 끝에 나랑 안 맞아, 라고 발언한 것에 대해 부연 설명을 했는데, 그러니까 요지는, 자신은 노래 가사에 공감하기에 아직 어린 것 같다는 말이었다. 시대가 변한 건지, 누나 말대로 누나가 아직 어린 건지 모르겠다. 그게 그런가. 서른 살을 앞두고 노래방에서 「서른 즈음에」라는 노래를 부른 사람은 얼마나 많을까 싶다. 이토록 뻔한 누나 같으니라고.

마흔 살은 되어야 알 수 있을 것 같다.

누나는 맥주잔을 내려놓곤 그렇게 말했다.

3

쾅!

이번엔 누나의 장난.

차라리 일이 났다면 어땠을까.

커피를 홀짝이며 누나가 말했다.

안 돼요. 난 아직 누나랑 자 보질 못했어요.

내가 말했다.

그 말 하지 마.

누나가 말했다.

보경 누나는 잘 산대요?

나는 딴청을 피우며, 사실 잘 마시지도 않는데 엉겁결에 시킨 커피 한 모금을 마시고 누나에게 물었다.

아니.

누나가 짧게 대답했다.

보경 누나는 누나의 단짝으로 고등학교를 졸업한 뒤 누나를 따라 10년간 같은 공장에서 일했다. 2년 전인가 원래 이름인 복경을 보경으로 개명했고 누나와 며칠 간격으로 공장을 그만두고서 한 달도 안 되어 섬을 떠났다. 덕분에 지난 몇 개의 계절 동안엔 내가 누나의 단짝 행세를 할 수 있었다. 보경 누나는 누나와 조금 달랐는데, 이를테면 이미 마흔 살 같은 느낌이었던 것이다.

오래전 어느 크리스마스, 그러니까 내가 열한 살이고 보경 누나가 스물한 살이던 해의 크리스마스 날이 떠오른다. 형과 누나들이 나를 포함한 동네 애들을 데리고 노래방에 갔지. 나는 용케도 보경 누나가 그날 노래방에서 불렀던 노래가 「서른 즈음에」라는 것을 기억해 냈다.

우리는 보경 누나가 그리울 때마다 온라인으로 누나의 흔적을 찾곤 한다. 보경 누나는 서울로 떠난 뒤 SNS에 열심이었는데, 한강 둔치에서 선글라스까지 쓰고 한여름을 즐기면서 먹는다는 게 고작 국산 캔 맥주 하나와 10년간 포장하던 기내식 같은 도시락뿐이었다.

개라도 한 마리 키우라고 하지 그래요.

내가 말하자,

알아서 하겠지.

누나가 쓸쓸하게 대꾸했다.

우리는 어쩔 수 없이 또 보경 누나가 그리워져 휴대폰으로 보경 누나의 SNS를 검색했다.

전혈 헌혈을 하고 싶다. 앞으로 2년.

하필 오늘 업데이트된 누나의 셀프 촬영 사진 아래에는 이렇게 쓰여 있었는데, 사진 속 눈빛을 보니 보통 각오가 아닌 듯했다. 말라리아 고위험 지역을 벗어난 보경 누나에겐 2년의 시간이 더 필요했다. 온전히 헌혈을 할 수 있을 정도가 되면 보경 누나는 어쩌면 쉰 살 같은 포스를 풍길지도 모르겠다.

이곳 소식은 들었지?
누나가 댓글을 달았다.

나는 누나와 다방에서 나왔고, 햇살이 밝았다. 그 햇살 아래서 나는 누나와 헤어졌다. 나는 할머니에게 전화를 걸었다.
여기로 와라.
작은아버지가 전화를 받아 그렇게 말했다. 포격 당시 할머니는 보건소에서 치료를 받던 중이었고 작은아버지는 저녁 식사 메뉴를 고민하고 있었다고 했다. 할머니와 작은아버지네 식구들은 17시간 내내 대피를 하느냐 마느냐로 설전을 벌였다. 오늘 아침 할머니와 작은아버지는 동네를 떠나지 않았고 나머지 식구들은 배를 타고 나갔다. 집이 무사하기도 했고, 여기서 태어났고 여기서 자랐고 여기서 살고 있으니까. 죽어도 여기서 죽을 분들이다. 그리고 그건 누나도 나도 마찬가지다.

작은아버지 집에 도착했을 땐 할머니와 작은아버지가 뉴스를 시청하며 점심을 먹고 있었다. 나는 가는 다리를 접어 무릎을 꿇고 할머니 옆에 붙어 앉아 할머니의 수저를 뺏었다. 할머니는 이미 인생의 절반을 노안으로 살아오긴 했지만, 요즘엔 더욱 거동이 불편하고 눈이 거의 보이지 않아 코앞에 수저를 갖다 대어도 음식을 반씩 흘리곤 한다. 그래서 밥 때가 되면 마음이 조금 안 좋아져 얼마 전부턴 꼭 내가 먹여 드리는데, 작은아버지네 강아지가 내 마음 같은 것을 알 턱이 있나. 아예 턱을 할머니 무릎에 대고 앉아 떨어지는 밥을 재빠르게 받아먹는다.

놀랄 것 없다.

할머니가 말했다.

조금씩 나빠진 게 아니야. 하루아침에 갑자기 확 안 보였어.

할머니가 말했다. 할머니 말로는 모든 일은 늘 노안이나 이별처럼 갑자기 온다고 한다. 어제 일처럼.

모든 일은 갑자기 온다면서 왜 늘 잔소리가 심하세요?

내가 묻자 할머니는 대답이 없었다. 그러니까 모든 일은 갑자기 오므로 모든 일엔 잠재적 위험이 있다고도 볼 수 있었다. 그럼에도 놀랄 것 없다. 나는 휴대전화 메모장에 그렇게 적었다. 우리 집은 피해를 입지 않았지만 작은아버지네 강아지가 눈에 띄게 살이 올랐다. 늘어난 군인과 경찰들은 경계 태세를 갖추었고 면사무소 직원들은 퇴근하지 않고 매일 동네를 돌았다.

4

전화도 받지 않고 집엘 찾아가도 얼굴을 볼 수 없었던 누나를 다시 만난 것은 배를 타고 나간 사람들이 임시 숙소를 떠나 새로운 대피 시설로 옮기던 날이었다. 누나와 자 볼 요량으로 여관에서 만나자고 하자 누나는 지선 아주머니의 다방으로 약속 장소를 정했다. 사실 여관이 심하게 피해를 입어 방이랄 게 없긴 했다. 그 여관이 안 되면 다른 여관이라도…… 까지 말했을 때 누나는 전화를 끊어 버렸다.

약속 시간보다 일찍 나온 나는 경찰과 군인들을 비켜 가면서 부두 근처를 하릴없이 쏘다녔다. 그러다 몸이 으슬으슬해지는 것이 느껴져 다방으로 들어갔다. 아주머니가 영업에 영 관심이 없는지 아니면 사람들이 다방에 영 관심이 없는지 손님은 아무도 없었고 다방 안은 먼지로 가득 차 있었다. 지선 아주머니는 여전히 축농증을 앓았다.

낫겠니, 이게? 쿵. 낫겠어? 쿵.

아주머니가 기침을 시원하게 하지 않는 것이 오늘따라 영 답답해 보였다.

우리 지선이, 쿵, 고등학교 졸업하면 바로 너한테다, 쿵, 시집보낼 거다.

나는 순순히 네, 하고 대답했다. 지선은 올해 초등학교에 입학했다.

나는 아주머니에게 종이와 볼펜을 부탁해 오래된 쓰리엠 노트와 모나미 볼펜을 받았다. 노트와 볼펜을 테이블에 내려놓는 아주머니에게,

포도 주스 있나요?

나는 카페인을 질색하는 초식남처럼 물었다.

오렌지 주스로 먹어라.

아주머니가 말했다.

아주머니가 주스를 준비하러 주방으로 갔고 나는 빈 종이에 볼펜으로 무엇을 쓸까 고민했다.

쿵. 다 큰 게 낙서는.

어느새 다가온 지선 아주머니가 오렌지 주스와 건빵을 내려놓고 뒤통수를 한 대 쳤다.

나는, 나는 미혼남이고 무직자다. 나는 학생과 아들이 아니다. 라고 쓴 다음에, 나는 미혼남이고 무직자이며 나는 학생이었고 아들이었다. 라고 썼다. 그러곤 볼펜을 내려놓고 숨을 천천히 내쉬면서 다리를 꼬았다. 그리고 다시 볼펜을 잡았다. 나는 시정마 같은 미혼남이고 무직자이며 나는 시정마 같은 학생이었고 아들이었다. 나는 또 한 문장을 쓴 뒤 볼펜을 내려놓고 노트를 뒤집었다.

창밖으로 시선을 던졌다. 선착장 근처라 뱃소리가 들렸다. 나는 가만히 하늘을 바라봤다. 뻔한 가을 하늘에 비행기 한 대가 지나갔다. 비행기 안의 많은 사람들은 잘 포장된 기내식을 먹

고 있을 것이었다. 그리고 같은 시각, 당연하게도 누군가는 하루 종일 그들이 먹을 항공기용 기내식을 세팅하고 포장할 것이었다. 또 한 대의 비행기가 지나갔다. 비행기는 재빠르게 내 시야를 벗어났지만 아까부터 있던 고래 모양의 구름은 제자리를 지키고 있었다. 지키는 듯했는데, 가만히 보니 구름도 미세하게 움직이고 있었다. 그렇게 구름은 내 시야를 조금씩 벗어났다.

아씨, 모가지 아파.

저 멀리 군인과 경찰들이 각각의 목적지를 향해 움직이는 것이 보였다. 배를 타려고 하거나 배에서 내린 몇몇의 사람들도 모두 어딘가로 빠르게 걸음을 옮겼다. 목적지가 없는 사람은 도무지 없는 것 같았다.

오렌지 주스를 반쯤 마셨을 때 누나가 왔다. 손을 흔들어 인사를 대신했다.

왜 이렇게 연락이 안 됐어요, 누나.

내가 서운한 티를 냈다.

미안. 뭐 하다 왔니.

누나가 물었다.

집에 있다가 왔죠.

내가 말했다.

어젠 뭐 했고.

나는 누나의 질문이 좋았다. 누나는 하루 만에 만나던, 한 달 만에 만나던 늘 오늘 이야기, 혹은 어제 이야기부터 시작한다. 누나는 미래를 멀리 보지 않는 편이어서 막 사는 것처럼 보이기도 했다. 예전에 누나가 한 말이 떠오른다. 나는 무언가를 참거나 모으는 것이 싫어.

어젠 요리를 해서 할머니와 함께 먹었어요.

내가 말했다.

어떤 요리?

누나가 물었다.

누나는 요리 잘해요?

누나의 질문에는 대답하지 않고 내가 물었다. 그러자 누나가 가소롭다는 듯이 되물었다.

어떨 것 같니.

10년간 기내식을 세팅하고 포장했으니, 잘할 것 같아요.

내가 자신 있게 말했다.

포장만 했을 뿐인데 실제로 요리 솜씨가 는 것 같은 기분인 건 사실이야.

누나가 말했다. 나는 어쩐지 그 기분을 알 것 같았다. 그러자 시간에게 속은 것 같단 기분이 들었다.

그나저나, 무슨 일 안 난대니?

누나가 물었고,

전 상관없어요.

내가 말했다.

아니, 면사무소나 뭐, 소식 들은 것 없냐구.

누나가 다시 물었고,

저야 모르죠.

내가 말했다. 누나가 주문한 코코아가 나왔다.

부모님이 죽은 해에 나는 고등학교를 자퇴했다. 두 사건의 인과관계는 없고 갑자기 그해에 대한 생각이 떠오른 것과 코코아의 인과관계도 없다. 누나를 만났고 누나가 코코아를 주문한 것처럼 그날도 그냥 순식간에 잿더미가 되어 있었다. 할머니는 작은아버지 집에 가 있는 상태였다. 타다 만 붉은 벽돌들만이 위태롭게 남아 있었고 집에 불을 지른 건 어머니라고 마을 사람들이 말했다. 어머니는 전에도 불을 지른 적이 있었는데 아무도 그 이유를 몰랐다. 작은아버지가 모든 것을 처리했고 마을 사람들도 많이 울진 않았다. 누나가 하얗고 둥근 잔을 들어 코코아를 마셨다.

5

누나. 어떻게 지냈어요?

내가 물었다.

취업 준비 중이야.

누나가 말했다.

취업 준비요?

내가 되묻자,

응, 살도 빼고 점도 빼고…… 뺄 게 많구나.

누나가 말했다.

살 뺀다면서 코코아를 마셔요?

내가 말하자,

응. 스트레스가 심해서.

라고 누나가 말했다.

스트레스는 왜요?

내가 걱정스럽게 물었다.

글쎄, 끼가 있는 사람을 원한다는 거야.

누나가 그렇게 말하곤 낙담한 표정을 지었다.

밝고 끼 있는 분! 끼를 주체 못 하시는 분! 채용 공고에 그렇게 되어 있었다고 했다. 누나는 부두 근처에 최초로 들어설 대기업 프랜차이즈 카페에서 일하고 싶어 했다. 카페가 들어설 곳은 우리 동네 쪽 부두 근처가 아니라 배를 타고 나가서 만나는, 실상은 거기도 섬이지만 우리는 뭍이라고 여기는 곳이었다. 몇 달 전 동네를 강타한 카페의 입점 소식에 근방 주민까지 모두 놀랐는데 영 말이 안 되는 것은 아닌 게 우리보단 군인이나 관광객을 타깃으로 한 모양이었다.

매일 배를 타고 나가야 하잖아요.

내가 말했다.

그렇지.

누나가 말했다.

배가 못 뜨잖아요, 자주.

내가 말했다.

그렇지.

누나가 말했다.

그건 중요한 문젠데요.

내가 말했다.

그게 아니고, 왜 끼가 있어야 하는데?

누나가 말했다. 누나는 교통편이 아니라 끼가 문제라 생각하고 있었다. 그 문구가 누나를 힘들게 만들었을 수도 있었고 누나가 그 문구를 문제적으로 만들었을 수도 있었다.

끼 있는 사람이 만든 커피는 춤이라도 춘다니?

누나가 울먹였다.

끼 없는 사람이 만든 커피를 마신 사람은! 뭐! 갑자기 울기라도 한다니?

누나의 언성이 높아졌고, 울음을 참으려는 듯 누나는 하얗고 둥근 잔의 손잡이를 꽉 쥐었다. 손잡이를 꽉 쥔 누나의 손은 덩치에 비해 너무 작았다.

난 끼가 없다구…….

누나가 엎드렸다.

그냥 지원해요, 누나.

누나의 작은 손 위에 내 손을 포개며 말했다. 누나가 일어나 손을 빼며 고개를 가로저었다. 기분이 많이 안 좋은 것 같았다. 누나에게는 정말 끼가 없는가 하고 나는 생각했다. 생각해 보면 누나는 여기서 고등학교를 자퇴한 유일한 여학생이었지만, 뭐랄까, 막상 어느 하나 눈에 띄게 튀는 사람은 아니었다. 시원시원한 성격이었지만 누나 역시 가끔은, 내가 있던 바다 깊은 곳에 가 있을 때가 있었다. 그런 면에서 누나는 보통의 인간이라고 할 수 있었다.

6

누나가 일을 그만두고 얼마 되지 않았던 어느 날이었다.

누나가 나를 불러냈고, 둘이서 방파제에 걸터앉은 게 오후 3시쯤.

네가 볼 때 누나는 다른 사람들과 무엇이 다르니?

내가 대답을 잘 하지 못하자 누나가 말했다.

누나가 9년 동안 서기를 했잖니?

서기요?

내가 반사적으로 되물은 후에는 침묵의 파도가 조용히, 그러나 여러 번 왔다…… 갔다. 밀려가는 파도를 바라보며 누나가 낮게 한숨을 쉬었다.

그것밖에 없더라고.

누나가 말했다.

그것뿐이더라고.

누나가 쓸쓸하게 말했다. 누나가 생각하기에 9년 동안 서기를 했다는 게 남들과 다른 유일한 점인 것 같았다. 누나에 따르면 누나는 인생의 3분의 1을…… 남들이 말하는 것만 받아 적은 셈이었다. 친구들이 어떤 것들에 대해 이야기하는 수많은 말들을 그저 하나라도 놓치진 않을까 급급하면서 말이다. 정작 누나는 그것들에 대해서는 어떤 생각도 해 보지 못한 채 학교를 졸업했을 것이다. 나는 그다지 시원시원하지 못한 성격의 오래전 누나를, 발언하는 친구를 향해 이리저리 고개를 돌려가며 공책에 무언가를 빠르게 받아쓰는 누나의…… 샤프를 꼭 쥔 조그만 손을 가만히 떠올렸다. 9년 동안 누나의 중지엔 조금씩 굳은살이 쌓여 갔을 것이다. 그 손은 샤프를 내려놓은 뒤 10년 동안 항공기용 기내식을 세팅하고 포장했다. 누나는 한 번도 먹어 볼 수 없던. 정작 요리 솜씨는 늘 수 없었던 그 짧지 않은 시간 내내.

서기, 하고 내가 말했다.

지금 이렇게 식충이가 되고 나니 학교에 가서 서기라도 하고 싶은 심정이야.

누나가 말했다.

식충이가 된 누나, 자기 자신에게 식충이라고 말하는 누나.

누나. 누나는 왜 나를 무시하지 않죠?

내가 물었다. 누나에 따르면 나 역시 한 마리 식충이에 지나지 않았기 때문에 나는 갑자기 누나가 내 친구가 되어 준 것에 의문이 들었다. 같은 식충이어서 그런가 생각했는데 누나는 내 질문에 대답하지 않고 나를 누나의 집으로 데려갔다. 누나의 집에 간 것은 그날이 처음이었다. 마당에서 똥개 두 마리가 꼬리를 흔들며 우리를 반겼다. 누나의 할머니는 낮잠에 빠져든 상태였다. 누나는 방으로 나를 이끌었다. 그리곤 벽장에서 컵라면 상자를 꺼냈다. 아침에 라면 먹었는데…… 누나가 상자를 열었고 우리는 나란히 그 안을 들여다보았다. 상자 안에는 여러 종류의 일기장이 있었다. 모두 서른두 권이었다. 그중엔 누나가 초등학교 때 쓴 시로 가득한 공책도 있었다. 누나가 초등학교 4학년 때 썼던 일기장을 펼쳤다. 우리는 나란히 눈으로 어느 여름날의 일기를 읽었다. 20년 전 누나의 고민은 지금의 고민과 크게 다르지 않아 보였다.

누나랑 잘래?

누나가 물었다.

아……

나는 머뭇거렸다.

아니요.

내가 말했다.

그러니까 저는…… 그러니까…… 앞으로 초등학생들을 무시하지 않을게요.

내가 말했다. 침묵이 흘렀다. 어차피 시간은 늘 우리를 속이고는 하지만…… 누나랑 잘래? 누나랑 잘래? ……누나랑 잘래? …… 누나의 한마디가 내 귓가를 계속해서 맴돌고 있었는데 이미 누나는 방에서 나가고 없었다.

누나네 집에 처음 갔던 날을 떠올리니 갑자기 여름 같던 기분이 들었고 그래서 여름이 그리웠다. 그날 잤어야 하는 건데.

7

쿵, 쿵.

지선 아주머니가 기침을 몇 번 하고선 코를 쥐어짰다. 조금 전 들어온 경찰 두 명 앞에 유자차 두 잔을 내려놓고 아주머니는 소파에 앉았다. 그러곤 먼지를 닦지 않아 뿌연 창밖을 유심히 바라보았다. 다방 안은 조용했고 경찰들은 담배를 피우자며 다방을 나갔다. 나는 괜히 다 마신 주스 잔을 들었다 놨다 했다. 아주머니가 1.5리터 오렌지 주스 병을 가져와 내 빈 잔에 주스를 가득 따라 주었다. 누나는 잠깐 창밖으로 시선을 두는 것 같았지만 금세 다시 내게 시선을 돌렸다. 그러곤 빼야 할 것들, 그러니까 누나의 살과 점에 대해 오래 이야기했다. 누나의 입술이 커졌다가 작아졌다가 커졌다가 작아졌다.

나는 빼야 할 것이 아무것도 없는 데다 취업을 하려는 의지조차 없어 누나에게 아무런 말도 해 줄 수 없었다. 다행히 누나는 하소연 비슷한 것을 하는 것만으로도 기분이 풀리는 듯, 나는 그저 듣기만 하면 되는 것 같았다. 세상에 끼가 없는 사람도 있다는 것이 다행스럽게 느껴지는 순간이었다. 그때 다방 유리창이 엄청난 굉음과 함께 산산조각 났다. 깨진 유리창의 파편이 사방으로 튀었다. 누나는 들고 있던 하얗고 둥근 잔을 떨어트렸고 그러자 따뜻한 코코아는 누나가 입고 있던 흰 셔츠로 빠르게 스며들었다. 우리는 출동한 구급 대원에게 응급조치를 받은 뒤 곧 시내에 위치한 병원으로 후송되었다.

눈을 떠 보니 응급실이었다. 또다시 포격을 맞은 건가. 나는 마치 기절해 있는 내내 그 걱정만 했던 것처럼 과장된 액션으로 주변을 둘러보았다. 피투성이인 사람은 나보다 조금 어린 것 같은 남학생 둘뿐이었다. 포격 같지는 않았다. 포격 같지는 않았지만, 마음이 쉽게 진정되지 않았다.

놀랄 것 없다.

할머니였다. 다행히 내 부상은 생각보다 심하지 않다고 했다. 경찰 말로는 45인승 대형 버스의 운전기사가 점심으로 꽃게탕과 소주 두 병을 먹고 다방의 출입문을 들이박았다고 했다. 승객은 없었고 동네를 이동하기 위해 개인적으로 버스를 이용

한 모양이었다.

운전기사가 술을 왜…….

할머니가 말하자 경찰은 조사 중이라고 하면서,

점심을 먹고 집으로 가는 길이었다고 합니다.

라고 말했다.

그럼 집으로 가지 왜……

할머니가 말끝을 흐렸다.

큰일이 아니라서 다행이에요.

내가 할머니의 걱정을 덜어 주려 짐짓 호기롭게 말했다.

지금도 안심할 상황은 아니지 않나, 학생.

경찰이 말했다.

근데 누나는요? 지선 아주머니는요?

내가 물었다.

두 분은 저 쪽에서 진정을 취하고 있고, 유자차를 마시던 경찰은 지금 학생 앞에.

할머니에게 물었는데 경찰이 대신 대답해 주었다.

그가 잠시 자리를 비웠을 때 나는 할머니의 손을 잡았다. 할머니는 입을 다물기 힘들어 침을 질질 흘리면서도 내 손을 오래 잡아 주었다. 나는 할머니의 손에서 하루가 다르게 힘이 빠지고 있다는 것을 느꼈다. 나는 왼쪽 손등을 할머니의 입술로 가져가 내 얼굴 위로 떨어질 뻔한 침을 닦아 주었다. 그리고 나는…… 바다 깊은 곳을 헤매던 식충이 한 마리가 뜨거운 눈물을 흘리는 것을 볼 수 있었다. 울면서 다행이란 생각이 들었다.

할미, 소피.

할머니가 말했다.

나는 간호사를 불러 할머니를 부탁했다.

그때 젊은 남자 둘이 내게 다가와 카메라를 들이댔다. 나는 갑자기 들이닥친 카메라에 당황했다. 그사이 그들은 내게 다짜 고짜 무언가를 물었고 내가 더듬거리면서 지금 뭐 하시는 거냐 고 몇 마디 한다는 게 그만, 원래 말을 바보같이 하는 청년이 되어 버린 채…… 그렇게 나는 어느새 인터뷰를 하고 있었다. 그들은 내게 이곳 상황과 내게 닥친 악재에 대해 물었고 나는 겪은 대로 대답했다. 피투성이 남학생 둘을 포함한 응급실 안 모든 사람의 시선이 내게 쏠렸다. 누나가 보고 있다는 생각에 나는 더욱 말을 더듬거리기 시작했다. 그러니까 나는 방송 출 연도 처음이고 끼가 없는 사람이라 말을 잘 못하는데…… 말은 잘 못하지만 나는,

누나와 동네 여관방에서 시정마 같은 내 처지에 대해 이야기 를 하며 술을 마시던 그날을 떠올렸다.

대피 명령에 따라 슈퍼와 호프집과 면 창고를 지나 학교 옆 지하 방공호로 이동했던 것을 떠올렸다.

근처에 있던 누군가가 자살이 아닌 이유로 사망했다는 것과 어쩌면 그게 나나 혹은, 이를테면 누구든 그렇게 될 수도 있었 다는 것을 떠올렸다.

단 둘뿐인 취재진 앞에서 나는 갑자기 그날을 떠올렸다. 인터뷰를 마치고 나자 너무나 많은 것을 떠올린 것은 아닌가 하는 생각이 들어 나는 몹시 피곤했다. 마치 응급실 침대가 아니라 깊고 푸른 바닷속으로 점점 깊게 빠져드는 기분이었다.

8

퇴원하는 날 입원실로 누나와 보경 누나가 들어섰다. 작은아버지가 배 시간 때문에 퇴원 수속을 미리 마치고 할머니와 함께 먼저 섬으로 들어간 뒤였다.

누나, 헌혈은요?

내가 묻자 보경 누나가 웃었다.

누나 2년간 헌혈 못 해요.

내가 쒜기를 박자 누나가 좋아했다.

보경 누나는 부둣가에 새로 생긴 대기업의 프랜차이즈 카페에 취직했다. 벌써 그 근처에 방을 구했다고 했다. 서울에서 겨우 한 계절, 작은 카페에서 일을 한 게 경력의 전부였지만, 여기선 그 경력마저 보경 누나가 유일했다.

우리는 밖으로 나왔고 나는 오랜만에 온몸으로 햇살을 받았다. 조금 걸을까 했는데 갑자기 바람이 세게 불었다. 사람들이 모두 몸을 움츠렸다. 우리는 머리부터 바짓단까지 거의 온몸을 휘날리며 택시를 잡아타고 카페로 갔다.

카페 안은 넓었는데 한산했다. 작은 원목 테이블이 스무 개. 내 나이와 같았다. 전면이 통유리로 되어 있었다. 밖에서도 나는 카페 안을 볼 수 있었다. 카페 안에는 섬을 떠나 대피한 동네 주민 여럿이 대화에 열을 올리고 있었다. 카페에 들어서자 눈이 마주쳤고 서로의 안부를 물은 뒤에 우리는 카운터로 갔다.

뭘 먹어야 하지?

누나와 나는 카운터 앞에서 조금 망설였다.

쓴 거 싫으면 아포가토나 캐러멜 마키아토 먹어 봐.

보경 누나가 메뉴를 추천해 주었다. 우리는 그것을 주문했고 멤버십 카드를 만들었다.

지선 아주머니네 다방은 이제 어떡하죠?

나도 모르게 그런 말이 나왔다. 모두 지선 아주머니의 다방이 망할 것 같다는 생각에 동의하는 것 같았다. 지선은 이제 초등학교 1학년인데! 멤버십 카드를 발급받기 위해 이름과 휴대폰 번호를 말했고 카드가 발급되어 나오는 동안 주문한 음료가 나왔다. 우리는 중앙에 자리를 잡았다. 통유리 너머로 푸른 바다가 보였고 바다를 따라 군인과 경찰들이 각각 경비를 서거나 순찰을 돌고 있었다. 대형 버스가 들이박아도 끄떡없을 것 같은 통유리 창 너머로 나는 모든 것을 볼 수 있었다. 전면이 통유리다 보니 말이 필요 없었다. 핵심으로 한 방에 파고드니까 오히려 실체에서 멀어진 기분이었다. 해안 경찰서에서 경찰 두

명이 나왔다. 그들은 담배를 나눠 피웠고 곧 카페 쪽으로 걸어
오기 시작했다.

9

누나들과 나는 주문한 음료를 다 마시고도 오래 카페에 있
었다. 똑같은 차림의 군인들을 계속 보고 있자니 멀리서 보는
데도 왠지 얼굴을 다 외워 버릴 것만 같았다. 혹시 나중에 어디
선가 마주친다면 아는 사람인가 싶어 형, 하고 부를 수 있을 것
같았다.

부두 근처의 보경 누나 집에서 자기로 하고, 우리는 맥주를
마시러 근처 호프집으로 갔다. 안주로 양념 치킨 한 마리를 주
문했다.

서울엔 말이야. 6900원만 내면 여러 종류의 치킨이 완전 무
한 리필인 곳이 있어.

보경 누나가 말했다.

텔레비전에서 본 적 있어.

누나가 말했다.

나 거기 한번 데려가 줘.

누나가 덧붙였다.

저도요.

내가 말했다. 생맥주 세 잔이 나왔고, 우리는 건배했다. 시원하게 목을 축이고 잔을 내려놓았다.

3000 시킬 걸 그랬나?

보경 누나가 말했다.

난 500이 좋아.

누나가 말했다. 그때 할머니에게 전화가 걸려 왔다. 할머니는 천천히, 얼른 집으로 오라고 말했다. 이런 적이 없었기 때문에 나는 누나들에게 양해를 구하고 먼저 일어섰다.

마지막 배를 타야 했다. 보통 첫 경험은 친구네 집에서 일어난다는 말을 들은 적이 있어 오늘 혹시…… 싶었지만 선착장으로 내달렸다. 집에 도착해 할머니 방으로 들어갔더니 할머니가 편지 한 통을 손에 쥐고 있었다. 입영 통지서였다. 하지도 않을 재수를 핑계로 미뤘던…… 그…… 입대 날짜는 일주일 후였다. 재수가 없으면 입대 사흘 전에 이 편지를 받아 보는 사람도 있다던…… 듣고 웃어넘겼던 그 재수 없는 입영 통지서가 내겐 일주일의 시간을 허락했다. 할머니가 내 얼굴을 쓰다듬으며 조금 울었다. 그날부터 나는 꼬박 사흘 동안 집에 있었다.

10

입대를 이틀 앞두고 집을 나섰다. 지선 아주머니의 다방 문은 닫혀 있었다. 선착장으로 걸었다. 선착장엔 나 혼자뿐이었다. 집으로 돌아갈까 생각했다. 한 척의 배를 보냈다. 가만히 서있다가 조금 걷기 시작했는데 한 시간이나 흐른 건지 배가 들어왔다. 입대까지는 44시간이 남아 있었다. 나는 다시 걸었다. 자판기에서 유자차 한 잔을 뽑아 마셨다. 나는 지금 뭘 하려는 걸까. 아무래도 다방에서 겪은 사고 때 머리를 다친 모양이다. 나가야 하나. 들어가야 하나. 늘 들어오는 곳이라고만 생각했던 이곳은 이제 내게 출구가 될지도 몰랐다.

해가 질 것 같았다. 나는 섬에서 나가는 마지막 배를 탔다. 목적지는 없었다. 배에서 내린 나는 일단 보경 누나가 일하는 카페로 갔다. 보경 누나는 없었다. 캐러멜 마끼아토를 주문했고 나는 곧 음료를 받았다. 카페 안은 손님들로 북적였다. 그 와중에 비어 있는 중앙 자리에 앉아 창밖을 바라봤다. 군인과 경찰들은 여느 때처럼 경계를 서고 있었다. 두꺼운 통유리 하나가 그들과 나 사이에 경계가 되었다.

누나. 뭐 하세요?

누나에게 휴대폰 문자메시지를 보냈다.

누워 있어.

누나에게서 답장이 왔다.

얼굴 잠깐 볼 수 있나요?

다시 메시지를 보냈다.

점을 빼서 못 나가.

누나에게서 답장이 왔다.

누나. 가슴 한쪽이라도 주세요, 좀.

누나에게 메시지를 보냈다.

너랑은 절대 안 자.

누나가 답했다.

일단 가슴만요.

내가 다시 메시지를 보냈다.

시정마 같은 새끼.

누나의 메시지.

누나.

휴대폰 메시지로 누나를 불러봤다. 누나에게선 답장이 없었다. 나는 점이 없는 누나의 한쪽 가슴을 상상했다. 아니, 얼굴을 상상했다. 상상하다가, 누나의 집 앞으로 가서 씻지 않은 얼굴이라도 보여 달라고 할까 잠시 망설였다. 커피를 한 번에 모두 마시고 휴대폰을 주머니에 넣은 뒤 밖으로 나갔다. 나는 부둣가로 걸어갔다. 친구들은 다들 한 번씩 하고 입대했는데.

바람이 불었다. 방파제에 아무렇게나 주저앉은 나를 향해 경찰 두 명이 손가락질하면서 호루라기를 불었다. 나는 누나에게 전화를 걸었다.

왜 또.

누나가 말했다. 나는 누나에게 물었다.

그러니까 누나, 시정마가 뭐냐구요.

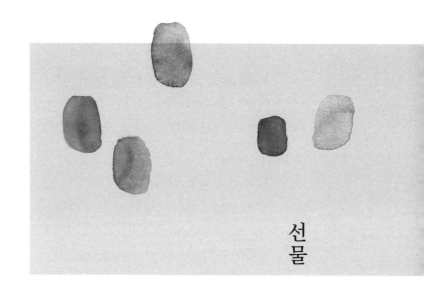

선물

언니의 방에는 여행용 트렁크가 있다. 회색이고, 2만 9900원 짜리다. 내가 트렁크를 창고로 옮기려 하자, 언니는 트렁크를 침대 바로 옆에 두고 지내겠다고 했다. 깊은 밤, 트렁크를 열고, 많지도 않은 물건들을 쓸어 담은 다음 다시 트렁크를 닫는 소리. 언니가 낑낑대며 방에서 나가려는 소리를 몇 번이나 들은 적이 있다. 그러나 정작 언니가 방 밖으로 나온 적은 없다. 다음 날 아침에 언니 방에 가 보면 물건들은 모두 제자리에 있다. 먼지 하나 없이 깨끗한 방이다. 언니의 방에는 먼지 하나 없고, 언니에게는 다리 하나가 없다. 이건 일주일도 넘은 이야기이고…… 일주일은 7일이고, 언니는 수요일과 일요일에 교회에 간다. 최근에 주워 읽은 어느 소설에서 공포 소설과 신학에 어딘가 닮은 점이 있지 않느냐는 부분을 읽다가 나는 박장대소를 했다.

아버지는 우리 자매가 어릴 적에 집을 나갔다. 어머니가 아닌 다른 여자를 사랑했다고 들었다. 어머니에게 들은 이야기이므로 사실인지는 모르겠다. 아버지에게는 모른 척을 했다. 듣고 싶지도 않았지만 들어 보나 마나 뻔한 이야기일 것이다. 아버지는 처음에 어머니를 사랑했을 것이다. 하지만 결국엔 다른 여자를 사랑하게 되어 버렸다고, 일이 어떻게 그렇게 된 거라고 들었다. 사람 사이에 저런 일은…… 당연한 일 아닌가?

아버지가 떠나고 남겨진 우리 세 식구는 사이가 좋았다. 언니와 나는 자라서 또래보다 조금 더 많은 돈을 벌었고, 어머니도 자주 웃었다. 우리는 쌍꺼풀 수술을 했고 간을 하지 않은 닭가슴살을 먹으며 다이어트를 했다.

몇 년 전이더라? 일요일 저녁이 지나고 밤이 깊어 갈 무렵, 아버지가 죽었다는 소식을 알리는 전화가 걸려 왔다. 우리는 아버지의 마지막 모습을 보는 것을 포기했고, 기쁜 마음으로 친자로서의 법적인 모든 권한을 함께 포기했다. 전화 통화를 끝냈을 때 개그콘서트가 시작했다. 그리고 일주일 뒤, 아버지가 죽기 일주일 전에 상해를 입힌 편의점 여자 아르바이트생의 한쪽 눈이 실명되었다는 얘기를 들었다. 그녀의 할머니가 충격으로 돌아가셨다는 얘기도 함께 들었다. 할머니와 둘이 살던 그녀는 2주 동안 총 열한 번의 자살 시도를 했다고 한다. 그러니간 14일 동안 열한 번…… 3일은 왜 하지 않았지? 나는 생각했다. 그녀는 우리 집에 찾아와서 제발 자신을 죽여 달라고 했다. 나는 그녀에게 도대체 어떻게 했기에 전부 실패했느냐고 물었다. 그녀가 대답을 하지 않아, 나는 그녀를 오래 바라보았다. 그녀가 내 뺨을 때리고 나갔다. 그녀가 나가고 어머니가 내 뺨을 때렸다.

그날부터 어머니 얼굴에서 웃음이 사라져 갔다. 나는 그런 뜻이 아니었다고 말했지만, 소용없었다. 이상한 일이었다. 나는 단지 궁금했다. 열한 번이나 시도했는데, 어떻게 살아 있는가? 3일은 살고 싶었던 것인가? 죽는다는 것은 또 그렇게 어려운 것인가? 그냥 궁금할 뿐이었는데…… 어머니는 갑자기 내가 무서워졌다고 말했다.

그렇게 3년인가 4년인가 우리 가족은 말없이 살았다. 나로서는 순식간에 찾아온 불행이어서 감당하기 힘들었다. 없는 것이나 다름없었던 아버지의 죽음, 아버지가 죽일 뻔한 여자의 실명, 그녀의 할머니가 죽은 것은 괜찮았는데, 어머니가 내게 무섭다고 말한 순간부터 매일 이유 없이 불안감에 시달렸다. 아무리 생각해도 이상했다. 나는 무서운 인간인가? 나는 귀여운 막내딸이 아니었던가?

열대야가 기승을 부리던 날이었다. 언니와 나는 어머니가 따라 준 술을 마시고, 취해 잠들어 있다가 화염 속에서 눈을 떴다. 벽을 타고 올라가던 불길 한가운데 어머니가 혀를 길게 내밀고 대롱대롱 매달려 있었다. 거실로 나오고도 전화기를 찾지 못한 나는 길로 뛰쳐나와 집 옆 모퉁이를 돌았고 모퉁이 바로 옆 분식집으로 들어갔다. 분식집 아주머니는 그때 오징어를 튀기고 있었다고 기억한다. 무언가 긴 것…… 나는 아주머니의 분홍색 꽃무늬 앞치마에 손을 넣어 휴대전화를 빼앗아 119에 신고했다. 언니는 나를 따라 나오다가 어머니가 밟고 올라선 의자에 걸려 넘어져 몇 분간 일어나지 못했다. 뭐…… 다른 방도가 없다기에, 어쩔 수 없이 다리를 절단했다.

언니가 어떤 식으로 소변을 보는지는 잘 모르겠다.

한 번, 이불 속에서 의족을 빼는 것을 본 적은 있다.

둘만 남겨진 언니와 나는 지리적으로 북한에 가까운 군사 지역 쪽의 작은 집으로 이사를 했다. 그동안의 모든 인간관계를 끊었고, 직장을 그만두었다. 생각만큼 어려운 일도 외로운 일도 아니었다. 친척 같은 것은 원래 없었다. 여전히 우리는 대화가 거의 없다. 또 우리는 밥을 거의 먹지 않는다. 가구나 살림 살이도 거의 없고 속옷이나 수건도 별로 없다. 수술한 쌍꺼풀만 그대로 남아 있다.

이 동네에 정확히 몇 가구가 사는지는 모르겠다. 너무나도 띄엄띄엄 집이 있어 어디서부터 어디까지가 이 동네인지도 모른다. 또 금방 깜깜해지니까 낮에 돌아다니지 않으면 더 모를 수밖에 없다. 그냥 우리 집을 기준으로, 버스 정류장 쪽으로 가면 교회, 반대편인 뒷산 쪽으로 가면 절, 버스 정류장에서 길을 건너 오른쪽으로 걷다 보면 가게…… 뒷산이 군사 지역인 모양인데, 자주 훈련을 하는 것 같다. 그들이 훈련하는 모습을 보면 어쩐지 마음이 조금 안정된다. 집 앞에서는 가끔 낙엽 사이사이로 탄피 같은 것들이 굴러다닌다.

언니…… 술 좀 있어?

트렁크 안에.

동네의 구멍가게는 문을 일찍 닫는다. 그리고 서울의 마트보다 가격이 비싸다. 가끔 농사일이 바쁠 때면 문을 아예 안 여는 날도 부지기수다. 우리는 농촌이 언제 바쁜지 잘 모르기 때문에 헛걸음을 할 때가 있다. 기껏 사는 것은 치약이나 생리대, 술이 전부다. 요즘은 생리도 불규칙해서 몇 달을 건너뛴 적도 있다. 건강해질까 봐 안주도 따로 챙겨 먹지 않는다. 나는 언니의 트렁크를 열고 술을 꺼낸다.

다섯 병 가져갈게…….

꺼져.

나는 조용히 언니의 방을 나온다. 거실의 작은 창을 열자 멀리 군인들이 보인다. 열 맞춰 뛰고 있다. 나와 언니보다 열 살씩은 어린 애들일 것이다. 나는 병뚜껑을 돌린다. 언제부터인가 그냥 병째로 마신다. 언니도 그런 것 같다. 설거지를 하기도 귀찮고, 컵은 있는데 세제가 괜찮은지 모르겠다. 나는 하루 평균 소주 다섯 병 정도를 마신다. 맥주를 마시는 날도 있지만, 거의 소주를 마신다. 언니도 비슷하게 마시는 것 같다. 언제부터인가 일주일에 한 번 가게 아주머니가 욕을 하며 빈 병을 수거해 간다.

세 병쯤 마시면 취하는데, 정신을 잃고 싶어 두 병을 더 마신다. 한번은 다섯 병을 다 마시는 데 얼마나 걸리나 하고 마시기 시작한 시간을 적어 두었다. 그러나 단 한 번도 다 마시고 시계를 찾아본 적이 없다. 매일 정신을 잃기 때문이다. 술이 좀 느는 것 같으면 맥주를 더 마신다. 그나저나 시계라는 것이 내게 있기는 한 것인가?

서울 가양동 집을 팔고 이곳으로 온 뒤부터 돈 관리는 각자가 한다. 사실 돈 관리라고 할 것도 없고…… 집을 처분하여 정확히 반으로 나눈 돈을 각자 쓰는데, 언니가 필요한 것을 적어 두면 가게 심부름은 내가 해 준다. 당시 그 혼란스러운 와중에 돈을 똑같이 나누자고 한 것은 나였다.

나는 세상의 모든 사람들 중에 나 자신이 가장 싫다. 사실 전에는 가끔 좋을 때도 있었는데, 이제는 나 자신은커녕 그 무엇도 좋지 않은 지 오래다. 예전에 쓴 일기장 같은 것도 다 타버렸으니, 나만 기억하지 않으면 지난 행복 같은 것도 쉽게 끝인 것이다.

뭐…… 돈을 다 쓴 후는 생각해 본 적 없다. 언니는 다리를 절단하고, 결혼을 앞두고 있던 남자와 연락이 끊겼다. 처참하게 무너진 언니에게 나는 당연한 일 아닌가? 라고 말했다.

우리는 점점 말라 가서 지금은 둘 다 몸무게가 40킬로그램도 나가지 않는다. 휴대폰도 없고, 컴퓨터도 없다. 텔레비전이 있어 가끔 보기도 했는데, 지금은 전원을 마지막으로 켰던 것이 언제인지조차 잘 기억나지 않는다. 예능 프로를 보면서 웃는다거나 뉴스를 보면서 대통령과 집권당을 저주하는 것은 일반인들이 하는 일 아닌가?

눈을 뜨니 나는 언니의 방 문지방에 허리를 걸치고 있다. 언니는 트렁크에 기대어 술을 마시고 있다. 나는 가끔 억지로 우리의 과거를 떠올린다. 맥주 한두 캔에 감자칩을 케첩에 찍어 먹으며 수다를 떨곤 했다. 발그레해진 볼을 손등으로 식히며 남자 친구에게 전화를 걸어 사랑한다고 말하기도 했는데! 혼자가 되는 것은 쉽다고 생각하며…….

나는 흐트러짐 없이 술을 마시는 언니를 보며 순간 기특하다는 생각을 한다. 소주 한 잔에 목까지 발개지곤 했던 언니였는데…… 많이 늘었네? 후훗…… 머릿속으로 한 생각이지만 조금 웃었다는 것이 견딜 수 없다. 나는 문지방에 머리를 찧기 시작한다. 지금 이런 생각을 한 인간은 누구인가? 누구인지 생각하지 말자. 머리통을 돌려가며 문지방에 찧는다. 지금 이런 생각을 한 인간은 누구인가? 머리통을 돌려 가며 문지방에 찧는다. 누구인지 생각하지 말자.

언니는 부스스 절뚝거리며 일어나 성경 책을 찾아 든다. 오늘은 수요일이나 일요일일 것이다. 성경 책을 들고 언니가 방을 나간다. 절뚝거리다가 내 허리를 밟고 넘어졌다가 다시 일어나 나간다. 발등까지 덮는 너무나도 긴 치마의 한쪽 끝자락이 의족의 무릎 부분에 끼인 채다. 내가 언니였다면 바지를 입었을 텐데.

교회의 목사님은 언니에게 친절하다. 나는 교회에 가지 않지만 가게 아주머니에게 들어 알고 있다. 아주머니는 목사님을 욕하면서 나에게 조심하라고 말했다.

목사님을? …… 그럼 당신은?

목사님과 가게 아주머니 외에 우리를 아는 것은 무슨…… 어디서 나온다더라…… 복지사들인 모양인데, 그년들이 올 때마다 나는 식칼을 들고 자살 소동을 벌여야 한다. 그년들만 모르는 사실이 하나 있는데 나를 화나게 하는 것은 오직 그년들뿐이라는 것이다. 이유는 간단하다. 그년들과는 말이 통하지 않는다. 죽을 마음이 없으니 돌아가 달라 말해도 그년들은 내 마음을 다 안다고 말하곤 한다. 언젠가 그런 상황의 반복에 지쳐, 심지어는 내 쪽에서 애원을 한 적도 있었다. 그년들은 결국에, 내가 죽겠다고 식칼을 목에 들이대야만 말을 듣는다. 저런 것들이 무슨 복지사라고…….

걸레 같은 긴 치마를 입은 언니가 교회에 가고…… 나는 집에 혼자 남는다. 여전히 술에 취한 채였고 조금 걸어 볼까 하고 힘겹게 일어난다. 아무 신발이나 꿰차고 뒷산 쪽으로 몸을 튼다. 처음 가 보는 길이다. 저 멀리 절에서 불빛이 새어 나오고 있어서 그쪽으로 무작정 걷는다. 어머니 말에 의하면 나는 어릴 때 여러 번 길을 잃은 적이 있다고 한다. 대부분 집에 있다가 저녁쯤 나가 돌아오지 않았다고 한다. 나는 낯선, 그러나 집에서 멀지 않은 근처의 공장 지대나 짚단 사이에서 발견되었다고 한다. 나는 그런 기억이 없다. 참 이상도 하지? 언니와 손을 잡고 강남의 성형외과에서 상담을 받은 뒤에 스무디킹에서 음료를 주문하던 모습은 생생하니 말이다. 그렇다면 나는 보통의 인간이 맞잖아!

걷다 보니 길을 잃은 듯하다. 절에서 나오는 듯했던 불빛이 이제는 보이지 않는다. 나는 주위를 두리번거렸지만, 그냥 술에 취해 고개를 가누지 못하는 것이나 다름없다. 번뜩, 하얀 빛과 눈이 마주친다. 나는 그 자리에 주저앉는다. 나는 고개를 들어 끈질기게 나를 노려보는 그 빛에 대항한다. 나는 소주병에 주둥이 부분을 잡고 병의 바닥 쪽을 흙길과 돌 같은 것에 내리친 다음 빛을 향해 다가간다. 빛이 뒤로 물러난다. 여러 개의 빛이 있다. 나는 병을 휘두른다. 짐승들이 파드득 날쌔게 움직이는 소리가 들린다. 무슨 일인가! 남자의 목소리가 들린다. 나는 밤과 도토리나무의 잎들이 잔뜩 떨어져 있는 젖은 산길로 쓰러진다. 어깨가 흔들린다. 귀찮아 죽겠는데…… 그냥 이대로 잠들고 싶은데 자꾸 어깨가 흔들린다. 군복을 입은 남자다.

어머니는 제가 무섭다고 했습니다!

그는 한 손으로 내 머리에 총을 겨누며 다른 한 손으로 바지를 벗는다. 내 다리를 벌리면서 그는 내게 어느 중학교에 다니느냐고 묻는다. 저는 서른세 살입니다! 그가 웃는다. 나는 오랫동안 그곳에서 다리를 벌리고 있다가 발로 차이면서 쫓겨 나온다. 충성! 그가 웃는다.

　나는 바지를 추어올리며 비틀거린다. 힘들다. 돌아서니 바로 절이다. 우리는 어머니를 화장했고, 화장했고…… 화장당한 어머니는 어디에 있더라? 나는 피곤하여 절 앞마당에 누워 버린다. 어머니는 유서나 유품 같은 것을 남기지 않았다. 다 타 버렸으니, 뭐…… 당연한 거겠지만…… 게다가 심지어 내가 아끼던 내 물건들, 손에 익은 가구 모두 하나도 건질 수 없었잖아? 그 생각만 하면 짜증이 난다. 누운 채로 짜증을 내느라 젖은 흙 같은 것을 집어 주변에 던졌다.

　한참을 그렇게 있다가 어느새 잠이 들었는지, 몸이 춥고 허리가 아파 눈을 떴다. 처음 몇 초간은 몸이 움직이지 않았다. 끝인가…… 생각했지만, 아니었다. 그 군인이 또 있을까 싶어 훈련하는 쪽을 기웃거리면서 집으로 돌아왔을 때 언니는 집에 없었다. 언니와 함께 2만 9900원짜리 회색 트렁크도 함께 사라졌다. 매일 사는 소주도 한 병에 얼마인지 잘 기억하지 못하는데, 나는 트렁크의 색과 가격을 정확하게 기억한다. 왜? 싸게 샀다고 누군가에게 자랑이라도 하고 싶으냐!

언니는 4, 5일쯤 후에 돌아왔다. 덤덤한 표정으로 트렁크에서 술을 꺼낸다. 나도 별다른 것을 묻지 않는다. 당연한 일이다.

이리 와 봐.

언니에게 말하지는 않았지만 언니가 집에 없는 동안 나는 술을 마시지 않았다. 나는 그동안 주워 온 책을 보았고 물을 잔뜩 붓고 쌀을 넣어 죽 비슷한 것을 끓여 먹었다. 그사이 가게 아주머니가 왔다가 집 안을 둘러보고 갔다.

목사님이 주셨어.

언니의 목소리는 다정하다. 우리는 목사님이 주신 술을 마시기 시작한다.

양주인데…… 이름은 모르겠다.

언니가 말한다. 나는 오랜만이라서 그런지 거의 물 마시듯 술을 마신다. 언니도 잘 마신다. 우리는 양주와 소주와 맥주를 전부 꺼내 놓고 술을 마신다.

도는 느낌이 든다. 아버지와 어머니에게 물려받은 더러운 그거 있잖아,

언니.

언니가 나를 쳐다본다. 나는 박장대소를 한다. 피,

하고 언니가 웃는다. 언니가 웃다가 내게 묻는다.

네가 그 의자를 내 쪽으로 놓았지?

나는 박장대소를 한다. 언니가 빠르게 말한다.

너는 나 외는 다른 신들을 네게 있게 말지니라. 너를 위해서 새긴 우상을 만들지 말고 또 위로 하늘에 있는 것이나 아래로 땅에 있는 것이나 땅 아래 물속에 있는 것의 아무 형상이든 만들지 말며 그것들에게 절하지 말며 그것들을 섬기지 말라. 너는 너의 하나님 여호와의 이름을 망령되이 일컫지 말라. 안식일을 기억하며 거룩히 지키라. 네 부모를 공경하라. 하지 말지니라. 간음하지 말지니라. 도적질하지 말지니라. 네 이웃에 대하여 거짓 증거하지 말지니라. 네 이웃의 집을 탐내지 말지니라!

그리고 언니는 뛰쳐나간다. 나는 언니를 따라 나가지 않는다. 나는 흐느적거리는 몸을 내버려 두며 노래를 흥얼거린다. 모르는 노래 같다. 계속 흥얼거린다. 나는 누워서 다리를 벌리고 눈을 감았다 떴다 하면서 알 수 없는 음을 흥얼거린다. 언니는 검은 비닐봉지 가득 술을 담아, 문을 부술 듯이 거칠게 열며 들어온다.

잘했어!

나는 언니의 손에 내 손을 맞대려고 했지만 그게 언니의 손인지 어깨인지 얼굴인지 모르겠다. 시야가 뿌옇고 머리가 어지럽다. 뼈만 남은 팔이 휘청거리며 언니의 어깨를 친다. 언니가 내 뺨을 친다.

가게 문을 부수고 가지고 왔지.

언니의 목소리가 다정하다. 다리를 질질 끌며 다녀오느라 여기저기 흙이며 개똥이 잔뜩 묻어 있다.

우리 아름다웠던 과거를 이야기해 보자!

내가 말했다.

어머니는 아름다운 여자였어.

언니가 말을 시작한다. 나는 박장대소를 한다. 언니는 개의치 않고 이야기를 이어 나간다.

그런데 그게 문제였어. 어머니는 남자들에게 인기가 많았다. 그러니까 사실 피해자는 아버지이다. 어느 날 아버지는 어머니와 아버지의 친구를 보게 되었어. 뭐 뻔한 이야기지. 아버지가 왔는데도 어머니와 아버지의 친구는 멈추지 않았다. 그럴 수 없었던 거야. 어머니는 아버지에게 잠깐만 나가 있으라고 말했다. 일종의 부탁이었던 셈이지.

그걸 누구한테 들었어?

야, 내가 본 것이다. 나는 아버지의 친구와 눈이 마주쳤어. 너도 같이 봤으면 좋았을 텐데⋯⋯ 그러니까 그날 우리 집에는 어머니가 있었고, 아버지의 친구가 들어왔고, 아버지가 들어왔고, 내가 들어왔어. 그 순서야. 순서⋯⋯ 그래서 난 모두를 보았다. 너는 그날 받아쓰기 시험을 망쳐 교실 청소를 하고 놀이터에서 놀다가 늦게 들어왔다.

어머니는 잘 웃는 착한 여자……

착하고 잘 웃는 여자는 남자들에게 인기가 많다! 어머니를 어머니로 보지 말고 여자로 보아라. 동생아…… 정신을 차려라. 어머니와 너 때문에 내가 이렇게 다리 하나가 없는 채로 살고 있으니 내 말 좀 들어 보아라, 응?

잘 웃지 않고 나쁜 여자도 남자와 섹스를 할 수 있다!

내가 말하자 언니가 박장대소를 하며 의족을 푼다. 언니는 골반 아래부터 절단된 부분을 손가락질한다. 허공이다. 탁탁탁! 문을 두드리는 소리가 난다. 마치 부서질 듯하지만 우리는 반응하지 않는다. 동네 가게 아주머니가 문을 열고 들어온다. 언니와 나는 그 자리에 그대로 반응하지 않는다. 다른 나라 말 같은…… 높은 톤으로 빠르게 아주머니가 말한다. 잔소리를 하는 거겠지…… 정신이 혼미해져 간다. 그놈의 망할 받아쓰기…… 어지럽다. 다른 나라 말 같은…… 늘어난 테이프처럼 낮은 톤으로 느리게 이어지는 말들과 못생긴 입술…… 아주머니가 운다. 울어? 기가 막힌다! 저 아주머니는 웃기는 여자! 잘 웃지도 않는 나쁜 년인 줄 알았는데 운다…… 그렇다면 저 아주머니도 남자와 섹스를 할 수 있는 여자! 축하합니다! 아니, 우는 것을 보니 착한 것 같기도 하고…… 아주머니가 언니의 머리통 밑에 베개를 갖다 대어 준다. 이 모든 게 꿈 같다고 아주머니가 말한다. 언니는 제정신인가? 나는 그것이 궁금하다. 내가 무엇인가를 궁금해하면 누군가 또 나를 무서워할 것인가? 나는 그것이 궁금하다. 모르겠다. 헛구역질이 나온다. 언니는 누운 채로 계속 지껄이고 있다.

아버지란 것은……

나는 언니의 목소리가 잘 들리지 않는다…… 나는 잠에 빠져든다……

목이 말라 일어난다. 휘청거리며 화장실에 가서 오줌을 싸고 또 휘청거리며 수돗물을 틀어 물을 마신다. 차갑다. 이러다가 곧 죽을 것 같다는 생각이 든다. 창밖으로 군인들이 주황색 옷을 입고 줄을 맞춰 뛰고 있는 것이 보인다. 충성! 나는 소리를 지른다.

몇 개의 계절이 가고 가을이 올 때까지 나는 여러 번 충성! 하고 소리쳤다.

언니가 성경 책을 들고 나갔다가 목사님과 함께 집 안으로 들어온다. 목사님이 직접 수돗물을 틀어 두 잔을 따라 언니의 방으로 가지고 들어간다. 나는 거실에서 선풍기를 틀어 놓고 소주를 마신다. 분명히 11월인데 무척이나 덥다. 방 안은 더욱 더울 것이다. 두 병…… 방 안은 무척 더울 것이다. 네 병…… 방아느…… 무척 더우…… 꺼…… 시다……. 나는 누워서 다리를 벌리고 눈을 감았다 떴다는 반복한다. 눈을 감고 충성……

눈을 뜨고 충성…… 눈을 감고 충서……. 목사님은 아버지와
같다.

언니가 소주 네 병을 양손에 두 병씩 들고 나오며 입을 연다.
언니 가슴이 어떠니? 예쁘니?
언니와 술을 마신다. 나는 정신을 차리려고 노력한다. 언니
는 다시 방으로 들어갔다가 목사님이 주셨다며 커다란 배를 두
개 가지고 나왔다. 언니가 두 개의 배를 양 가슴에 가져다 대면
서 언니의 가슴이 이만하니? 하고 묻는다. 나는 언니의 가슴을
본다. 언니는 블라우스를 벗고 배를 깎는다. 블라우스 안에는
아무것도 없다. 언니는 걸레 같은 긴 치마만 입고서 배를 깎는
다. 언니의 마른 손가락 사이사이로 배즙이 흘러내린다. 언니가
내게 배를 권한다. 나는 그것을 받아먹는다.
못 먹겠어……
먹어! 아버지와 같은 목사님이 주신 소중한 것이다!
언니, 나는 서른세 살입니다!
동생아! 이 언니는 서른세 살보다 늙은 것이 확실하다!
나는 술을 마시면서 배를 먹는다. 엄청나게 달다. 달다는 것
말고는 아무것도 생각나지 않을 만큼 달다. 언니가 미친 사람처
럼 지껄인다.
너는 나 외에는 다른 신들을 네게 있게 말지니라. 너를 위하
여 새긴 우상을 만들지 말고 또 위로 하늘에 있는 것이나 아래

로 땅에 있는 것이나 땅 아래 물속에 있는 것의 아무 형상이든 만들지 말며 그것들에게 절하지 말며 그것들을 섬기지 말라. 너는 너의 하나님 여호와의 이름을 망령되이 일컫지 말라. 안식일을 기억하여 거룩히 지키라. 네 부모를 공경하라. 하지 말지니라. 하지 말지니라. 도적질하지 말지니라. 네 이웃에 대하여 거짓 증거하지 말지니라. 네 이웃의 집을 탐내지 말지니라! 동네 가게 아주머니는 목사님과 자주 섹스를 한다고 한다!

언니는 박장대소를 한다.

우리가 번 돈과 우리가 먹던 닭 가슴살 말이야.

언니가 웃음을 멈추고 말한다.

그 닭 가슴살이 민방위 교육을 간다고 한다.

나는 심각한 표정을 하고서 언니의 이야기를 경청한다. 고개를 끄떡끄떡하면서 언니가 한 손에 쥐고 있는 깎다 만 배와 다른 한 손에 쥐고 있는 식칼을 바라본다. 언니는 배 껍질을 너무 두껍게 깎고 있다. 과일이라는 것을 깎아 본 지 오래되었으니 그럴 만도 할 것이다. 나는 무엇보다 과일을 예쁘게 깎아 접시에 담아 내오는 것을 잘했는데…… 일반인들은 그것으로 며느리감이네, 어쩌네 하는 말들을 하곤 한다지?

언니, 이리 줘 봐.

언니는 말하는 것에 정신이 팔려 내게 순순히 배와 식칼을 내준다. 나는 배를 돌려 깎으며 여전히 진지하게 언니의 말을 경청한다.

예전에…… 언제더라…… 아무튼 배가 고파서 편의점에 갔거든? 그러다가…… 가는 길에…… 다리가 아파서…… 알다시피 어머니와 너 때문에 내 다리는 절단되었으니까!

언니는 내 뺨을 한 대 치고 이야기를 이어 나간다.

다리가 아파서 좀 앉아 쉬기로 했지. 주변을 둘러보고 있었어. 특별한 생각을 하고 있지는 않았어, 바람이 불었어. 왠지 눈물이 날 것도 같았지. 두려웠어, 모든 것이. 그래도…… 나는 곧 집을 떠날 예정이었기 때문에…… 널 두고 가야 했기 때문에 마음이 그렇게 편하지 않았어. 불안했지. 그런데…… 그날이 민방위 교육인 게 그제야 생각난 거지! 그것뿐인 줄 아니? 그날은 민방위 교육과 내 결혼식이 겹친 날이었어! 경사 중의 경사지. 그때 넌 어디 있었지? 아무래도 내가 민방위 교육에 가야 하니까 내 결혼식은 네가 대신 가 주었으면 했는데! 너 역시 어머니의 딸이니까!

배는 우리의 가슴보다 훨씬 컸다. 열 조각도 넘게 나온 것 같다. 나는 배를 한 조각, 한 조각 집어 다시 장식을 넣는다. 언니가 박수를 치며 감탄한다. 배의 달콤한 냄새에 섞여 어디선가 익숙한 냄새가 난다.

언니가 트렁크를 연다. 트렁크 안에는 양주 두 병과 소주 네 병과 목사님이 있다. 트렁크 안에는 그리고, 어머니의 일기장이 있었다.

떠날 수 있게 되어 너무나도 기쁘다!

언니가 어머니의 일기장을 펼치며 잔뜩 꼬인 혀로 말한다.
이것이 어머니의 뼈다. 이것이 어머니의 가슴, 이것이 어머니의 혀, 이것이 어머니의 발바닥이다. 내가 이 식칼로 나 자신을 찌를 수 있느냐 없느냐가 중요한 것이 아니다!
언니가 배를 깎던 식칼을 가슴 밑으로 가져간다. 언니의 손은 가슴 밑에서 움직이지 않고 있다. 아직은…… 멈춰 있다. 그리고 나도 그저 취한 채…… 멍하게……. 눈을 한 번 깜빡하고…… 힘겹게 입술을 떼어 본다. 언…… 니……. 식칼을 든 언니의 손이 움직인다. 나는 가만히 눈을 감고 생각한다. 이것이야말로…… 이것이야말로 신이 우리에게 주신 작지만 가장 뛰어난 선물이다.

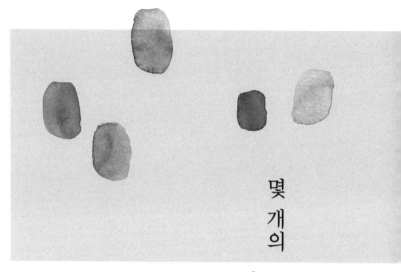

몇
개
의

선

1

한 번은 해명하고 싶다고 늘 생각해 왔는데 마침 작년 가을에 어떤 기회가 있었다.

나가니?
엄마가 물었고 나는 응, 이라고 대답했다.
누굴 만나는 거야?
내가 대답을 하지 않자 엄마는,
혼자 그냥 나가는 거야?
하고 재차 물었다. 내가 또 대답을 하지 않자 엄마는 하던 일을 계속했다. 에어컨의 부속품을 분리해 닦고 있던 엄마는,

이거 10년도 더 된 건데, 새것 같지?

하고 또 물었다. 나는 10여 년 전에 당장 다음 달 집세가 없어 늘 전전긍긍하며 살던 엄마에게 에어컨을 사자며 지랄을 했고 정말로 엄마가 에어컨을 사 온 후로 죄책감에 오래 시달렸다.

이거 오빠가 깜짝 선물했던 건데.

응?

엄마가 나를 돌아봤다.

내가 난리쳐서 산 게 아니고?

내가 묻자 엄마가 물었다.

니가?

긴 연휴인데다 날씨가 좋아서 인천공항이 여름 성수기만큼 붐비고 있다는 소식이 들려왔다. 그것은 늘 일어나는 일이었고 내가 싫어하는 뉴스였다. 그제는 강남구청역에서 일어난 폭발물 오인 소동에 관한 뉴스를 들었고 그러자 기분이 슬쩍 좋아져 종일 기운이 나기도 했다. 나는 57분 교통정보를 듣다가 집을 나섰다.

버스 정류장에서 9호선 개화역에 가는 버스를 찾으려고 노선표를 보고 있는데 누군가의 시선이 느껴졌다. 뒤를 돌아보니까 초, 중, 고교 동창인 여자애가 있었다. 마스크를 하고 있는데도 날 알아본 것 같아 짜증이 났는데 타야 할 버스에 그 애가 타기에 화가 났다. 나는 그 애가 탄 버스를 보내고 뒤이어 온 버스를 탔다. 우리는 서로 인사를 하지 않았고, 그것은 옳은 일이었으나, 우리가 같은 버스를 타고 가다가 대형 사고라도 난다면 같은 해에 태어나 초, 중, 고를 함께 다닌 뒤 같은 해, 같은 날에 죽은 두 친구가 될지도 몰랐다. 물론 둘 중 한 명은 죽지 않을 수도 있지만 차라리 둘 다 죽는 게 나을지도 몰랐다. 살아남은 한 명은 평생 죄책감을 가진 채로 살아야 하기 때문이다. 죄책감은 느끼는 것이 아니라 가지는 것이다.

개화역에서 노량진역은 30분 정도 걸렸다. 나는 출구를 잘 몰라 아무 데로나 나온 다음에 육교로 갔다.

도착했니?

네. 출구는 모르겠고 육교에 있어요.

무언가 익숙한 느낌이었고 그 기억은 금세 떠올랐다. 예전에 약속 장소를 늘 육교로 정하는 친구가 한 명 있었다. 거기서 약속 시간에 늘 늦는 나를 기다렸는데, 언제나 육교 중간쯤에서 8차선 도로를 내려다보고 있었다. 그녀는 매일 입버릇처럼 죽어 버리겠다고 말하면서 주위 친구들을 더 우울하게 만들곤 했다. 하지만 지금은 꼴 보기 싫을 정도로 잘 살고 있다고, 나에게 몇 남지 않은 친구들이 말해 주었다. 나는 노량진역 육교 중간쯤에서 아래를 내려다보며 잠시 그 애를 생각했다.

정장 차림을 한 선배는 곧 손을 흔들며 내 쪽으로 왔다. 선배는 마스크를 빼면서 물었다.

여기 잘 알아?

아뇨.

나는 귀에 걸린 마스크의 한쪽 끈을 빼며 말했다. 만나기로 하고선 노량진을 검색하니 노량진 근린공원과 사육신 공원이 있었는데 아무래도 사육신 공원엘 가 보고 싶었다.

사육신 공원 아세요?

응. 일단 내려가자.

우리는 육교를 내려갔다. 조금 더웠고 거리에는 어디에나 사람이 꽉 들어차 있었다.

똑같다.

선배님도요.

밥은?

먹었어요.

선배는 밥을 먹자면서 길을 건넜다. 우리는 컵밥과 베트남 쌀국수를 파는 노점이 늘어선 거리를 지나 식당가로 들어섰다. 돈가스와 우동을 파는 프랜차이즈 음식점에서 우리는 냉모밀과 돈가스 마요덮밥을 주문했다.

예전에 교보문고 근처에서 메밀 먹었던 것이 기억나요. 광우병 때……

정말?

네.

그랬나.

네.

선배가 내 말을 도무지 믿지 않는 눈치라서 나는 기분이 좀 상했다.

이거 맛있다, 먹어 봐.

괜찮아요.

카페에 들러 커피 두 잔을 샀고 왔던 길을 되짚어 걸었다.

가서 얘기하자.

선배는 다시 마스크를 하고 걸었다. 공원은 멀지 않았다. 날씨가 좋다 못해 덥기까지 했는데 그늘진 곳에 앉을 자리가 마땅치 않아 근처를 좀 빙빙 돌았다. 멀진 않았지만 왔던 길을 되짚어 오기까지 했는데 앉을 자리조차 쉽게 찾지 못하자 나는 선배가 짜증이 날까 봐 조금 초조했다. 다행히 선배는 아무 데나 앉았고 우리는 커피를 마셨다. 날이 더워서인지 커피가 아직도 따뜻했다.

근데 사육신이 누구지?

글쎄요, 전 잘⋯⋯

아, 옛날엔 알았는데.

선배는 아쉽다는 듯이 입맛을 다셨는데 되게 궁금한 것 같진 않았다.

그 책이 이건데.

선배가 가방에서 『부대관리 노하우 123』이라는 책을 꺼냈다. 나는 책을 받아 들었다. 그 책을 읽고 A4 용지 두 장 분량의 독후감을 써 내면 간부 훈련을 받고 있는 선배의 남자 친구가 가산점 3점을 받는다고 한다.

선배와 이야기를 나누는 동안, 나는 내가 하는 모든 말들이 몹시도 재미가 없다는 것을 느꼈다. 뭘 어떻게 해야 선배가 즐거울지 몰라 속으로 곤란해하고 있을 때 선배가 일어서며,

3시?

라고 물었고 내가 고개를 끄덕이자 선배는 마스크를 한 뒤 손을 흔들며 역 쪽으로 걸어갔다. 우리는 3일 후에 다시 만나기로 하고 헤어졌다.

나는 책 한 권을 손에 들고 노량진역 근처에 있는 대형 프랜차이즈 카페로 들어갔다. 손님 대부분이 노트북이나 두꺼운 책을 두고 혼자서 공부를 하고 있었다. 카페의 중앙 쪽에 자리를 잡고 카운터로 가 주문을 했다.

아이스 아메리카노 주세요.

네?

나는 마스크를 내리고 다시 주문했다. 내가 마스크를 반쯤 내렸을 때 점원이 내 인중을 뚫어져라 본 것 같아서 기분이 나빴다. 나는 준비된 음료와 『부대관리 노하우 123』이라는 책을

자리에 두고 화장실로 갔다. 마스크를 벗어 보니 콧잔등과 인중에 땀이 많이 나 화장이 거의 지워진 상태였다. 화장은 마스크로 옮겨가 있었는데 말하자면 인중도 엉망이고 마스크도 엉망이 된 것이었다. 나는 땀을 닦아 낸 뒤 마스크를 단단히 착용했다.

자리로 돌아왔을 때 어떤 여자가 내 자리에 앉아 있었다. 나는 여자의 어깨를 뒤에서 톡톡 쳤다.

아, 죄송해요.

여자는 그렇게만 말하고 일어나지 않았고 나는 여자를 노려보았다.

잠깐 앉으면 안 될까요?

나는 이런 상황이 불편했고 혹시 앉더라도 마스크를 벗고 대화를 나눌 생각은 없었다. 내가 앉을까 말까 생각하는 사이 여자가 일어나면서 물었다.

혹시 간부 준비하세요?

내가 그저 여자를 바라보자 여자는 뭔가 입술을 꾸물거리더니 창가 쪽으로 걸어갔다. 뭐야, 저 여자.

나는 책을 대충 읽고 나서 선배의 남자 친구가 느꼈을 법한 것들을 열심히 썼다. 내가 쓴 독후감의 요지는, 비단 군에서뿐만 아니라 사회에서도 가정에서도, 말하자면 사람이라면 꼭 깊이 새겨야 할 말들로 가득한, 매우 좋은 책이라는 것이었다.

그날 나는 한 사람이 미로 속을 헤매다가 가방에서 긴 펜을 꺼내 땅을 짚으며 걷는 것을 바라보는 꿈을 꾸었다. 그는 집으로 가고 있었는데 아무래도 도착이 어려워 보였다. 나는 적당한 거리를 두고 그의 뒷모습을 쫓다가 결국은 놓치고 말았다. 꿈에서 깨자마자 노트에 꿈 내용을 적고 『꿈으로 들어가 다시 살아나라』라는 책을 펼쳐 여기저기를 넘겨 보았다. 사실 그 책을 굳이 보지 않더라도 그 사람이 누군지 나는 아주 잘 알고 있었다.

2

그는 1982년생이고 절필했다.

3

나는 7년 전에 이미 그보다 오래 산 사람이 되었다. 내가 누나라고 생각하니 괴기스럽다. 그는 건강하진 않지만 아주 오래 살 것 같은 사람이었다.

4

그는 25년을 살았고 나는 25년을 살고 난 다음부터의 시간에 대해 자주 생각해 왔다. 최근 내가 가장 많이 한 생각이 바로 그 시간에 관해서였다. 그가 살지 않은 시간을 내가 사는 것이 이상하게 생각되었고 이 세상에 그가 아니라 내가 없어야 할 것 같다는 생각이 자주 들었다. 그 생각은 내가 한 것이지만 마치 누군가 대신한 다음 내게 주사한 것과 같이 느껴졌다.

우리는 단 하나의 계절만을 함께했고 그것은 이미 10년도 더 된 일이라 거의 모든 기억이 흐릿했다. 나는 2년 전부터 시간을 들여 그 봄의 기억들을 노트에 옮겨 적었다. 생각을 하는 데 많은 시간을 들였지만 정작 연필을 들고 무언가를 쓴 시간은 얼마 되지 않았다. 노트의 메모를 보면 그와 내가 얼마나 달랐는지 알 수 있다. 나는 그를 조금 싫어했던 것 같다.

손

그는 집안의 막내였다. 누나가 둘인가 셋 있고, 부모님은 두 분 다 살아 계셨는데 늦둥이여서 누나들과 나이 차가 많이 난다고 들었다.

쌍꺼풀이 짙고 속눈썹이 진하고 길었으며 몸은 아주 마른 체형이었다. 피부랄지 걸음걸이가 아주 오래된 사람의 것 같았는데 특히 손이 그랬다. 부모님보다도 더 나이 든 것 같은 손을 가진 사람. 시력이 많이 안 좋았고 무테안경을 썼던 사람.

침묵

그는 말이 없었다. 우리는 가끔 우리끼리 말을 하다 하다 지쳐 그에게 농담을 걸었다. 우리는 그에게 벙어리가 아닌가 하고 물은 적이 있고 그러면 그는 침묵으로 대답했다. 그런 식의 농담이 짜증을 유발했다.

나는 아까부터 내가 아니라 우리라고 말함으로써 죄책감을 던다. 우리는 늘 취해 있었으므로 '두발로'라는 주점에서 다짐했다. 오늘은 두 발로 걸어 나가자.

어깨

그는 수업이 없을 때면 늘 건물 끝에 있는 연못가에 앉아 있었다. 거기에 앉아 있을 때 그는 잘 보이지 않았다. 그가 연못가 쪽 벤치에 있을 때 우리는 볕이 잘 드는 중앙 출입구 앞 소파(누군가 어디서 주워 온)로 몰려가 떡볶이를 안주로 술을 마셨다. 그러다가 학교 앞 주점으로 자리를 옮기면 그는 어느새 주점의 맨 구석 자리에 와 있었다. 우리가 그에게 언제 왔는지, 집에 왜 안 갔는지 물으면 그는 대답 없이 그저 어깨를 한 번 으쓱할 뿐이었다. 그는 술을 거의 마시지 않았는데 술자리가 끝날 때쯤엔 누군가가 꼭 그에게 몇 만 원을 받아 내곤 했다.

산책

그는 집에서 학교까지 자주 걸어 다녔다. 그는 걷는 것을 좋아했을 것이다. 그가 쓴 글을 보면 산책을 하면서 한 생각과 작은 에피소드가 많이 나온다. 우리는 그의 집이 어딘지 몰랐고 그의 글을 보고 지루하다고 말하곤 했다.

약도

어느 날인가 아현역에서 학교까지의 약도를 그려 보는 수업을 했다. 그는 마치 미로처럼 약도를 그려 냈다. 서대문구 전체를 휩쓴 듯한 미로였다. 교수가 그걸 들어 보였을 때 모두가 박장대소를 했다. 나는 스무 명의 학생 중에서 가장 간단한 약도를 그린 학생으로 뽑혔다. 너에게 중요한 것은 던킨 도넛과 나이키로구나. 교수가 그렇게 말했고 나는 과연 그렇다고 생각했다. 나는 여러 켤레의 나이키 운동화를 갈아 신고 다니며 도넛을 사 먹었고 파출소 앞 공중전화 부스를 발로 차며 헤어진 남자 친구에게 전활 걸곤 했다.

지팡이

또…… 별명이라고 해야 할까? 사람들은 그를 마법사라고 불렀다. 실제로 그는 마법사의 지팡이처럼 긴 펜을 가지고 다녔고 가끔 우리를 향해 마법을 부리는 시늉을 하기도 했는데 원래도 재미없을 장난인데 분위기도 따라 주지 못했다. 그가 멋쩍게 웃으면 나 같은 애가 핀잔이나 주었던 것이다. 오빠, 미쳤어?

손금

그는 사람들의 손금을 봐 주고 다녔다. 작은 학교에 소문이
퍼지자 누구나 그를 마주치면 손부터 내밀었고 어느 날엔 초면
인 사람의 손금도 봐 주었다. 그는 손금을 봐 주고도 좋은 소리
를 듣지 못했는데 그런 것엔 개의치 않는 것 같았다. 낮부터 술
에 취한 어떤 고학번 선배는 "장난하냐?"라고 하면서 그의 머
리를 툭툭 치거나 안 좋은 소문을 퍼뜨리기도 했다. 아무도 그
에게 손을 내밀지 않는 날이 올 때까지, 그는 누구에게나 친절
하게 손금을 봐 주었다. 나는 그가 어떤 선배로부터 뒤통수를
한 대 맞는 것을 보면서 그에게 "볼 줄 모르지?"라고 했다.

볼 줄 알았을 것 같다. 내 손금을 보며 "너는 꼭 너처럼 살겠
네."라고 말한 것을 보면.

몇 개의 선

손금 봐 주는 것을 그만하게 되면서 그는 지팡이 같은 긴 펜
으로 사람들을 그리기 시작했다. 그냥 모여서 놀고 있으면 저
멀리서 뚜벅뚜벅 걸어와 종이 한 장을 내미는 것이었다. 언젠가
한번은 어떤 집요한 시선이 느껴져서 고개를 돌려 그를 봤더니
나를 그리려고 하는 것 같았다. 화를 내면서 그의 작은 노트를

찢었는데 노트에는 선 몇 개만이 그려져 있었다. 그걸 보고 조금 미안한 마음이 들었지만 그때는 지금보다 더 뚱뚱하고 못생겨서 참을 수가 없었다. 실물보다 예쁘게 그려줘 하고 말 것을 나는⋯⋯.

글

나는 그와 함께 어떤 모임을 같이했다. 다섯 명이었고 나이 들은 달랐지만 동기였다. 지금은 아무와도 연락이 되지 않고 그러나 그 계절 동안엔 늘 함께 쓴 글을 나눠 읽고 술을 마셨다. 우리가 만든 다음 카페에 그는 많은 글을 올렸다. 나는 그 모임에 그가 있는 것이 싫었다. 사람의 발길이 끊긴 지 오래된, 이 세상에 있다고 해야 할지 없다고 해야 할지 모르는 그 카페에 그가 쓴 글이 있다.

나만 7년 전에 그 카페를 탈퇴했다.

사진

한 장의 단체 사진 속에서 그는 자기 몸보다 세 배는 더 큰 옷을 입고 있다. 그해에 찍은 많은 사진들에서 그는 늘 곧게 선 채 카메라를 똑바로 응시하고 있다. 나는 가끔 너무나도 뚫어지게 눈을 마주치는 그가 부담스러웠다. 그는 거의 침묵하는 인간이었으나 할 말이 아주 많은 사람이었던 것 같다. 그는 언젠가 이대 입구에 있는 '가이아'라는 카페로 나를 찾아와 책

한 권을 주고 간 적이 있다. 그날은 1학기를 마치던 날이어서 기억이 나는데, 문자메시지로 어디냐고 물어 말해 주었더니 그 커다란 옷자락을 끌고 걸어와 아이스 카페모카가 놓인 테이블 위에 이영도 판타지 단편집을 내려놓은 것이다.

마법사 맞네, 맞아.

책을 두고 가는 그 뒷모습에다 대고 나는 그렇게 말했다.

몇 년 전 나는 누군가에게 이 일을 이야기하면서 웃다가 운 적이 있다.

휴가

그는 그해 여름에 입대했다. 몇 없던 남자 동기들이 그해 여름과 겨울에 입대했고 이듬해 봄엔 복학생 선배들이 돌아왔다. 내가 살아 있던 그를 마지막으로 본 것은 그가 제대를 앞두고 휴가를 나온 어느 날의 학교에서였다. 방학이어서 학교엔 사람이 거의 없었고 그는 그날 개구리 연못가 벤치가 아니라 중앙 출입구 앞 소파에 앉아 있었다.

왜 왔어?

나는 그가 짧은 머리를 하고 곧 죽을 것만 같은 오래된 눈빛으로 거기 있는 것이 싫었다.

너는?

그가 물었고, 다시

밥 먹을래?

하고 물었다.

아니. 진짜 싫어.

내 기억이 맞는다면 나는 '밥 먹'까지 듣고 '아니'라는 대답을 했던 것 같다.

그는 자리에서 일어났고 나는 그가 떠난 자리에 앉아서 어딘가로 걸어가는 그의 뒷모습을 아주 잠깐 바라보았다. 몸이 전보다 더 말라 있었고,

참 볼품없네.

하고 나는 생각했다. 바람이 불어서 위아래로 맞춰 입은 생활한복이 그의 뼈를 중심으로 이리저리 펄럭였다. 나는 가방으로 조금 가려진 그의 엉덩이쯤을 보다가,

쯧쯧, 엉덩이가 아주 없는 것 같네, 없는 깃 같아.

혼잣말을 했다. 그는 혼자서 어딘가로 걸어갔다. 그러자 나역시 그 자리에 혼자 남겨지게 됐다는 걸 그때는 몰랐다.

5

그날은 친구의 생일이었다. 나는 내 생일도 아니면서 그날 어떤…… 기분을 내고 싶었다. 그날 낮에 친구들과 갔던 패밀리 레스토랑과 저녁에 도착한 그의 장례식장에서 한 대화를

더듬어 보면 내가 새롭게 시도한 패션에 대한 이야기가 여러 번 화두에 올랐다는 것을 알 수 있다. 이후 나는 여러 번 그날의 나를 참을 수 없었고 그럴수록 내 모습이 선명해져 괴로웠다. 옷에 대해서, 약간 우쭐한 상태에서, 그러니까 도대체 왜 그렇게 오래 말했을까…… 왜 그렇게 오래……. 알면 뭘 얼마나 안다고!

6

영정 사진 속에서 그는 나를 뚫어지게 바라봤다.

나는 그를 잘 몰랐지만 이제는 어쩐지 가까운 사이처럼 느껴진다. 그는 지구보다도 더 오래 살았던 사람 같다는 생각이 든다. 나는 종종 그의 미니 홈피에 걸린 그의 어릴 적 사진을 클릭해 확대 한 뒤 그것을 오래 바라보곤 했다.

그가 미로에서 헤맨다. 긴 펜을 꺼내 땅을 짚으며 걷는다. 그는 자주, 멋지게 늙고 싶다고 말했다.

그럴 수 없다.

정말 상관이 없었더라도 내가 지금 그것을 상관없이, 라고 쓰는 것은 진심인가? 나는 상관이 있기를 바라는 것인가, 없길 바라는 것인가? 하여간 모든 것이 미안하다. 그가 인터넷 카페에 남긴 글의 대부분은 내가 그를 외면한 순간에 대한 글이었다. 나는, 아니 나만 7년 전에 그 카페를 탈퇴했다.

7

나는 불우한 환경에서 평범하게 자랐다. 나만큼 불우한 것은 너무나도 흔한 일이어서 비교할 수 없을 만큼 부유하고 화목하게 지낸 사람들도 내 마음을 다 안다고 말하곤 한다. 나는 어릴 적에 그년들의 말을 곧이곧대로 믿었다. 어디 가서 한순간이라도 진짜 위로라는 것을 받으려면 내가 살아온 삶보다 몇 배는 더 불우해야 했을 것이다.

나는 커 가면서 점점 친구가 없어졌다. 어디서부터 뭐가 잘못된 건지 알 수 없었고 알고자 노력했으나 나만 그런다고 해결되는 문제도 아니었다. 그 과정에서 내가 나 자신과 가족을 포함한 모든 인간을 싫어한다는 것과 따지고 보면 모든 게 내 잘못이라는 사실을 깨달았다. 그리고 어느 날 불현듯 그가 떠올라 뇌리에서 지워지지 않고 있었다. 나는 나 때문에 일이 크게 잘못된 몇몇 경우를 기억하고 있다. 그럴 때는 복잡하게 생각할 것 없이 '모든 게 나 때문이다' 그렇게 해 버리면 마음이 편했다. 그다음부터는 미안해하기만 하면 되었다. 그러나 많이 미안해하면 죄책감을 가지게 되므로 조금만 미안해해야 했다. 나는 종종 착하다는 소리도 듣게 되었다. 그리고 나는 그러니까…… 어느 날부터인가 무언가를 쓰고 있었다. 누군가는 일기인 줄 아는 그런 글로 시작해서……

8

독후감을 다 썼어요. 굳이 바쁘신데 만나지 않아도 될 것 같아요. 메일 주소를 알려 주세요. 바로 보낼게요.

다음 날 선배에게 문자메시지를 보냈다. 그다음 날까지도 답장은 없었다. 만나기로 한 날 오전에 선배에게 문자메시지가 왔다. 마치 어제 하루는 없었던 사람처럼, 바로 답장을 보낸 사람처럼.

메일은 무슨. 이따 3시에 보자.

이번에는 화장을 연하게 하고 마스크를 쓴 뒤 집을 나섰다. 사육신 공원에는 선배 말고 다른 사람이 있었다. 순호 선배였다.

남자 친구 소개해 준 게 순호야.

선배가 말했다.

아, 네. 안녕하세요.

야, 진짜 오랜만이다. 앉아.

순호 선배가 말했다.

맥주나 한잔하러 가자.

순호 선배가 나를 위아래로 훑어보며 말했고 나는 앉자마자
다시 일어나 그들의 뒤를 따라 걸었다.

그 마스크는 뭐냐?

아, 이거……

그거 뭐.

아, 그, 미세먼지 때문에요.

맥주를 코로 마실 수도 없는 거고 입으로 마시려면 어차피
보이게 될 텐데도 일단은 이렇게 말하고 말았다. 우리는 요즘
유행하는 생감자 튀김과 크림 생맥주를 파는 작은 술집으로
들어갔다.

여기요.

선배에게 독후감을 내밀었다.

오, 진짜 고마워.

선배가 말했다.

아, 그런데 책을 깜빡했어요.

어, 괜찮아. 너 가져.

거기 육군 무슨 뭐라고 쓰여 있던데요. 빌려 오신 거 아니
에요?

응, 맞는데 괜찮대.

나는 부대를 관리할 일은 없었지만 사람이라면 꼭 가슴 깊이 새겨야 할 말들로 가득한 책을 그만 선물받고 말았다.

그놈이 진짜 괜찮은 놈이야.

순호 선배가 선배의 남자 친구를 칭찬했다. 순호 선배의 아버지는 군 출신이고 퇴역하기 전까지 순호 선배의 가족들은 군인 아파트에 살았다고 한다. 또래들이 모여 무리가 되었고 아버지의 뜻에 따라 몇몇의 친구들이 군인의 길을 선택했는데 그중 한 명이 바로 선배의 남자 친구라고 순호 선배는 말했다. 아버지의 뜻에 따라 선택했다는 말을 들을 때 나는 어떤 의문이 생겼으나 잠자코 있었다.

주문한 맥주가 나왔고 나는 마스크를 벗고 맥주를 한 모금 마신 뒤 말했다.

전 이 크림이 싫어요.

이것 때문에 마시는 것 아니냐?

나는 또 무슨 말을 해야 할까 곰곰 생각하고 있는데 맥주 맛을 평가하며 조곤조곤 이야기하는 선배와 순호 선배는 이 자리가 편해 보였다. 게다가 순호 선배의 자연스러운 시선 처리를 보니 아무래도 선배가 미리 순호 선배에게 내 인중 얘기를 해 둔 것 같았다. 마치 일부러 그러는 것처럼 별다른 말이 없었다.

요즘 어떻게 지내냐?

순호 선배가 물었다. 나는 맥주를 한 모금 들이켰고 마치 그간 큰일이라도 있었던 사람처럼 큰 숨을 들이마신 뒤 내쉬었다.

아무 맛도 없는 공기가 몸속 깊숙이 들어왔다 나갔다.

그냥…… 글 써요.

글? 소설?

네.

아니, 어쩌다?

그냥 어쩌다 보니…….

아…… 근데 니가 왜?

네?

순호 선배는 맥주를 단숨에 들이켰다.

너한테 그럴 자격이 있냐?

내가 잠시 놀란 표정으로 대답을 못하고 있자

있는 것 같아?

하고 순호 선배가 갑자기 나를 몰아붙였다.

지금 이게 나한테 하는 말인가? 나는 알 수가 없어서 맥주잔만 바라보다가 다시 네? 하고 앵무새처럼 같은 말만 반복했다. 순호 선배는 담배를 피우겠다며 자리에서 일어났다. 뭔진 모르겠지만 오랜만에 봤는데 왜 저렇게 난리지? 나는 오히려 그런 생각이 들었던 것이다. 내가 뭘 잘못했나? 순호 선배가 담배를 피우러 나가자 나는 지금 자리에서 일어나야 하나 말아야 하나 고민이 되었다.

화나신 것 같은데 저 갈까요?

나는 선배가 잡아 주길 바라면서 물었고 다행히 선배는 내가 원하는 대답을 해 주었다. 어쩐지 순호 선배와 할 얘기가 있을 것 같았다. 순호 선배가 들어와 맥주를 주문했고 나는 밖으로 나와 어느 하숙집 쓰레기통 앞에서 오랜만에 담배를 피웠다.

너 그날 존나 재수 없었어.

잠시 격해졌던 감정을 다잡았는지 아까보다 담담한 어조로 순호 선배가 말했다. 한 번은 해명을 하고 싶다고 늘 생각해 왔는데 욕심이었던 것 같았다.

마지막엔 그 사람들이 펜하고 종이를 뺏었다고 하더라고요.

뭐?

펜하고 종이요. 격리되어 있을 때요.

그걸 누구한테 들었는데?

네? 아…… 그건 잘 기억이 안 나지만…… 그날 확실히 들었는데…….

순호 선배가 콧방귀를 뀌었고 나는 얼굴이 뜨거워져 고개를 들 수가 없었지만 한편으로는 화가 나기 시작했다.

야, 그렇다고 치자. 그래서? 그래서 니가 왜?

왜라고 물은 뒤 순호 선배가 마치 연극을 하듯 너무 크게 웃어서 작은 술집 안에 있던 사람들이 전부 우리 쪽을 쳐다봤다.

왜……? 왜? 왜?

잠깐만.

학보사 출신인 선배가 팔짱을 끼면서 말했다.

뭐가 잘못됐어?

선배가 묻자 잠시 침묵이 흘렀다.

야. 니가 무슨 소설을 써.

순호 선배가 검지로 내 머리를 두어 번 밀면서 말했다.

뭐 하는 거야, 왜 머리를 밀어.

선배가 끼어들어 순호 선배에게 내 머리를 민 것에 대해 사과하라고 말했다. 나는 사과를 받을 생각이 없었다. 어느새 가게는 손님들로 가득 차 있었고 해가 조금 지려고 하는 것 같았다. 손님들은 모두 맥주를 마시고 있었고 순호 선배는 잠시 대답이 없다가 자신이 뭘 얼마나 잘못했는지 생각해 보고 사과하겠다고 말했다.

전 괜찮아요.

내가 말했다.

잠깐 정신이 들었을 때 선배는 보이지 않았고 가게 주인이 우리에게 어서 계산을 하라고 말하고 있었다. 나는 정신은 조금 들었지만 몸을 가누기가 힘들었다.

선배님.

나는 순호 선배를 힘겹게 불러 보았지만 순호 선배는 돈이 없다면서 내게,

너 진짜 없냐? 어?

하며 내 작은 가방을 뒤졌다.

내일 꼭 저한테 돈 부치세요. 네?

나는 체크카드를 꺼내 계산을 했다.

얼마요? 무슨 맥주 조금 마셨는데 씨발, 얼마라구요?

계산은 내가 했는데 욕은 순호 선배가 했다. 순호 선배에게는 이게 조금인 건가? 최근 몇 년간 이렇게 술을 많이 마신 적은 없었다. 순호 선배와 나는 가게에서 나왔다. 너무나도 걷기가 힘들었다. 아주 조금만 쉬면 몸이 괜찮아질 것 같았다. 나는 담배를 피웠던 하숙집 쓰레기통 앞에 다시 쪼그려 앉았다.

야. 따라와.

왜인지는 모르지만…… 나는 순호 선배를 따라갔다. 언뜻 기억을 더듬어 보면 순호 선배가 내 가방을 메고 있어서 그걸 달라면서 쫓아갔던 것 같은데, 그 작은 핸드백을 왜 순호 선배가 들고 갔는지 모르겠다.

서너 평 정도 되는 것 같은 반지하 방이 순호 선배의 집이었다.

방에는 가구고 뭐고 별것 없었는데 그 좁은 방 안에 기타만 세 대가 있었다.

저걸 해치워야 하는데 말이야.

내가 방 안을 둘러보자 순호 선배가 기타를 차례로 가리키며 말했다.

이건 되지도 않는 거, 이건 빌린 거, 이건 누가 준 거.

순호 선배는 열무김치와 소주를 가져왔다.

나는 소주를 마시면서 그날 내가 한 행동에 대한 해명을 했고…… 요즘 어떻게 지내는지…… 이야기하다가 울었다. 어쩌다 보니 대성통곡을 하게 되었는데 그것은 내 의지로 멈춰지지 않았다. 내가 그렇게 하는 것은 아주 자연스러운 일 같았고 나는 가슴이 후련해지는 것을 느꼈다. 나는 더 크게 울었고 그러자 순호 선배가 어딘가 쩔쩔매는 표정을 지으며 조금만 조용히 울라고 내게 말했다.

사람이 눈앞에서 울고 있잖아요!

나는 순호 선배가 옆집 등을 신경 쓰느라 나를 조용히 시킨 것에 화가 났다. 여기 오기 전까지 더 시끄러웠던 사람은 분명 순호 선배였다. 가방을 챙겨 들고 그 집에서 나와 무작정 걷는데 순호 선배가 따라와서 어서 들어가자고 말했다. 나는 골목 끝 홍어집 앞에서 오래 울었다.

아는 사이예요?

순찰을 돌던 경찰이 내게 물었고 나는 그제야 네…… 하고 대답하고 순호 선배를 따라 다시 반지하 방으로 들어갔다.

눈을 떠보니 정오에 가까운 아침이었다. 새벽 6시인가? 마지막으로 시계를 본 것이. 소주병과 소주잔 두 개, 열무김치와 젓가락 두 짝은 그대로였고 의자 다리 하나는 부러져 있었으며 기타라도 쳤는지 피크 하나가 소주잔 옆에 놓여 있었다. 그리고…… 순호 선배와 나는 알몸이었고 거울을 보니 얼굴은 엉망이었다. 나는 얼른 옷을 입고 그 집을 나왔다. 길을 몰라 아무데로나 걷다가 마스크를 두고 왔다는 것을 깨달았다.

9

나는 그가 죽었다기보다는 계속 군에 있는 것처럼 느껴진
다. 나는 그가 죽고 얼마 후에 강남에 있는 성형외과에서 인중
수술을 받았다. 그리고 부작용에 시달리다가 외출을 하지 않
는 인간이 되었다. 인중 수술은 적절한 핑곗거리가 되어 주었
다. 사실…… 그날 나는 집에 돌아가 옷을 갈아입고 나와야겠
다 잠깐 생각했지만 그러지 않았다. 그날 내 모습이 마음에 들
었기 때문이다. 그러니까 지금 생각해 보니 '옷을 갈아입고 나
와야겠다.'라고 생각한 것이 아니라 '옷을 갈아입고 나올까?'
하고 생각한 것이고 그것은 말하자면 '예쁜 검은 옷이 있나?'
하는 생각이었던 것이다. 물론 내게 예쁜 검은 옷은 없었다. 내
게는 예쁘지 않은 검은 옷이 있었고 나는 예쁘지 않은 검은 옷
대신 옷을 갈아입지 않는 것을 선택했다. 보라색 민소매 티, 초
록색 카디건, 오렌지색 치마, 그날 나는 정말 내 생각처럼 예뻤
을까? 나는 사람은 누구나 죽어야 한다고 생각한다.

10

약국에 들러 마스크를 샀다. 노량진역 화장실에 도착해 휴
대전화를 보니 엄마로부터 부재중 전화가 열세 통이나 와 있

었고 선배로부터 문자메시지가 와 있었다.

어제 잘 들어갔지? 독후감 고마워.

『부대관리 노하우 123』을 읽고 쓴 독후감의 끝부분엔 이런 문장이 있었다. 나는 "단 한 사람이라도 의지할 수 있는 대상이 있다면 자살하지 않을 것이다."라는 문장에서 사람이라는 명사가 마음에 들지 않았다. 꼭 사람이어야 하는 것인가?

화장실에서 화장을 고친 뒤 떡이 진 앞머리를 헝클어뜨리고 마스크를 했다. 다시 밖으로 나왔을 때는 거의 모든 사람들이 마스크를 하고 있었다. 나는 그것이 이상했다. 모두 마스크를 쓴 채 각자의 대화에 열중했다. 그중 몇몇만이 마스크를 내리고 입술을 움직여 말을 했다. 그들의 목소리는 점점 크게 들려왔다. 할 말이 많은 것 같았다. 사실 나는 그와 있었던 일 중에서 두 가지를 노트에 적지 못했다.

거기에 생각이 미치자 초조해졌다. 그렇지만 다시 순호 선배에게 갈 수는 없었다. 순호 선배는 그날 그의 장례식장에서 내가 했던 말들과 옷차림새에 대해 아주 자세히 기억하고 있었고 계속해서 나를 비난했다. 앞으로도 나에 대한 생각이 달라질 일은 없을 것 같다. 그러니까 나는 새벽 내내 마스크를 쓴 채 장광설을 늘어놓다가 결국엔 나도 내가 무슨 말을 하는지 모르는 지경에 이르러 버렸던 것이다.

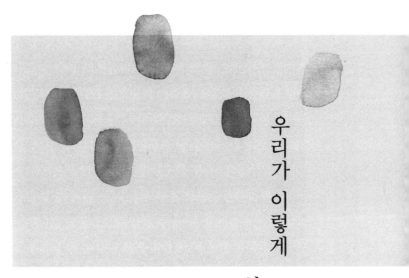

우리가 이렇게

함
께

1

우리는 일요일 아침에 아버지의 집으로 가기 위해 준비를 서둘렀다. 어머니가 아버지의 겨울옷과 먹을 것을 챙겼고 달리 우리가 챙길 것은 없었다. 커다란 쇼핑백이 네 개. 언니와 내가 두 개씩 나눠 들고 주차장까지 걸었다. 어머니가 조수석에 핸드백을 던졌고 우리는 나란히 뒷좌석에 올라탔다. 어머니가 차에 시동을 걸었다. 출발하자마자 어머니는 전화를 받았고 통화는 길게 이어졌다. 나는 운전하면서 통화를 하는 어머니 때문에 불안했지만 오랜만에 언니와 얘기를 하게 돼서 좋았다.

언니. 우리 회사에서는 아침마다 '나는 내가 정말 좋다. 나는 나를 사랑한다.' 이렇게 세 번 반복하면서 음절에 맞게 박수를 쳐. 언니도 해 봐.

나는 언니에게 시범을 보였다.

내가 나를 사랑한다구?

언니가 말했다.

응. 처음엔 입 모양만 뻥긋뻥긋했는데, 지적을 받은 뒤로 소리 내어 해 보니까 괜찮더라구.

나는 언니를 설득해 보려 했지만 언니는 창밖만 바라봤다. 잠시 침묵이 흐른 사이에 어머니는 교회 일과 관련해서 몇 번 더 통화를 했다.

어머니, 추워요.

언니가 말했다. 어머니는 계속 통화하면서 히터를 틀었는데, 언니를 약간 흘겨보는 것 같았다. 히터 냄새가 차 안에 훅 퍼졌다. 그래서 우리는 침묵했다. 창밖으로는 어제부터 시작된 눈발이 계속 날리고 있었다.

내일까지 계속 눈이 왔으면 좋겠다.

언니가 말했다. 나는 언니가 자기 의사나 감정 표현이 확실하다는 것에 조금 놀랐다.

2

48번 국도를 타고 두 시간쯤 북쪽으로 달렸다. 길은 이곳저 곳이 울퉁불퉁 얼어 있었고 매우 좁았다. 어머니는 자주 차를 세우고 주변을 기웃거렸는데, 기억을 더듬는 듯 보였다. 나 역시 아버지의 집을 기억해 보려 애썼지만 전혀 기억이 나질 않았다. 이 주변은 어딜 가나 똑같은 풍경이다. 논과 밭, 공장과 창고, 뜨문뜨문 집 한 채. 눈까지 내리고 있어서인지 어머니는 꽤 오래 헤맸다.

어, 저긴가?

어머니는 대형 컨테이너 세 개와 소형 컨테이너 하나가 지척에 모여 있는 곳을 턱으로 가리키며 말했다. 우리는 공터에 차를 세우고 내렸다. 아까처럼 짐을 나눠 들고 소형 컨테이너 쪽으로 걸었다. 누군가 그 앞에서 눈을 쓸고 있다가 허리를 세워 우리를 보았다. 아버지였다.

여보!

어머니가 아버지를 불렀다.

어어?

아버지가 크게 놀라며 빗자루를 떨어뜨렸다. 우리는 그 모습을 보고 웃었다.

마치 연기를 하는 것 같지 않니.

언니가 말했다. 이렇게 모두 모인 것은 아버지가 집을 나가고 처음이었다. 아버지는 떨어뜨린 빗자루를 거의 반사적으로 줍긴 했는데 다시 눈을 쓸 생각은 없어 보였다. 나는 아버지에게 가서 안겼다.

잘 지내셨어요?

어떻게 여길 왔어. 일단 들어가자. 당신도, 어서.

아버지는 우리가 무척이나 반가웠는지 말이 많았다. 우리는 아버지를 따라 컨테이너 안으로 들어갔다.

3

아버지의 컨테이너에 들어섰을 때 눈에 띄는 것은 간이 철제 침대와 작은 냉장고뿐이었다. 아버지는 짐을 냉장고 옆에 내려놓았다. 침대에 개 두 마리가 있었다.

얘 둘은 여기서 살아.

아버지가 말했다.

오랜만이다, 얘들아.

어머니가 강아지 두 마리에게 알은체를 했다. 우리는 처음 보는 개들이었다.

얘가 웅이, 얘는 웅이 엄마.

아버지가 개 두 마리를 우리에게 소개시켰다. 개들은 모자지간인데 웅이가 워낙 똘똘하게 굴어 같이 지내기 시작했다는 것이다. 우리는 아버지의 설명을 들으며 철제 침대에 걸터앉았다. 웅이를 쓰다듬던 아버지가 재빨리 침대에 깔려 있던 전기장판의 전원을 켰다. 옷가지 몇 벌이 맞은편 벽면에 걸려 있었고 냉장고 옆 한 칸짜리 개수대에는 샴푸와 치약, 칫솔 등이 있었다.

너무 춥네. 이 옷들 안 챙겨 왔으면 어쩔 뻔했어요?

어머니가 집에서 가져온 음식이며 옷가지들을 풀어 놓으며 말했다.

아버지는 대꾸가 없었다.

아직 아침 전이죠?

옷 정리를 끝낸 어머니가 식사 준비를 시작했다. 아버지가 침대 밑에서 합판으로 만든 작은 탁자를 꺼냈다. 어머니가 버너를 올려놓자 탁자는 꽉 차 버렸다. 아버지가 민망한 듯 빈 밥그릇을 들고 말했다.

밥은 각자 이렇게 들고 먹으면 돼. 캠핑 온 것처럼.

어머니가 냄비째 싸 온 김치찌개를 버너에 올려놓고 가스 불을 탁, 켜는 순간 아버지가 웃었다. 언니가 조용히 일어나 컨테이너 밖으로 나갔다. 뒤따라 나가봤더니 이미 사라지고 없었다. 견사에 간 모양이었다.

개들이 한꺼번에 짖어 대는 소리가 한참 들리다 잦아든 뒤에 언니가 들어왔고 우리는 오랜만에 찌개를 앞에 두고 둘러앉았다. 아버지가 숟가락을 든 것을 보고 우리도 숟가락을 들었다.

4

아버지, 요즘은 좀 괜찮으세요?
언니가 물었다.

5

그러는 너는 어떠냐?
아버지가 되물었다.

6

애가 여기까지 왔는데 말 좀 좋게 하세요.
어머니가 아버지께 말했다.
…….
아버지는 대답이 없었다.
냐? 이런 거 듣기 안 좋아요.
어머니가 덧붙였다. 언니를 이곳에 데리고 오기 위해 어머니
는 어제 긴 시간 언니를 설득했다. 그러나 아버지는 언니와 눈
을 마주치지 않았다. 그건 언니도 마찬가지였다.

그건 그렇고 여기 계속 계실 거예요?

어머니가 물었다.

어머니는 종종 아버지에게 아파트 경비 일을 권했다. 요즘은 대기업 간부 출신도 아파트 경비 못 해서 안달이랍니다. 그럴 때면 아버지는 외투를 들고 나가 버리곤 했다.

내일부터는 뭔가 새롭게 시작해 봐야 하지 않겠어요?

어머니가 그 얘기를 또 꺼냈다. 어머니가 원하는 것은 네 식구가 함께 사는 것이다. 또한 어머니가 원하는 것은 아버지가 일을 하는 것이다. 어머니는 아버지가 왜 집으로 돌아올 생각을 안 하는지 모르는 것 같았는데, 그건 피차 모두 마찬가지였다. 모두가 그렇다면 문제라고 할 것도 없었다.

아버지가 숟가락을 내려놓았고…… 몇 초간 침묵이 흘렀다.

여보, 나는 말이야. 다시는 무언가를 지키고 싶지 않아.

아버지가 힘주어 말했다. 나는 아버지를 바라보았다. 아버지의 밥그릇은 어느새 반 이상 비어 있었다. 아무도 움직이지 않았다.

나는 내가 아직 젊은 건지, 이미 늙은 건지 모르겠어.

아버지가 다시 수저 가득 김치찌개를 퍼 올리며 말했다.

왜 또 그런 생각을 하세요? 나는 어떡하라고?

어머니가 눈물을 훔치는 척을 하며 말했다. 아버지는 입을 크게 벌려 밥을 먹었다. 아버지는 그렇게 계속 김치찌개에 비빈 밥을 입을 크게 벌려 넣은 뒤 쩝쩝거리면서 씹었다. 나는 아버지가 늙었다고 생각했다.

그때 아버지의 휴대폰이 울렸다. 아버지는 조금 망설이다가 전화를 받았다.

축하하네. 박경우나 박 경위나 거기서 거기군 그래.

맞아, 내가 요즘 재밌어졌다는 소릴 많이 듣네.

아니야, 내가 나갈게. 오긴 어딜 온다고 그래.

그날은 내가 시간이 안 돼.

여긴 아무것도 없대도 그래.

누…… 누굴 불러?

아버지가 전화를 끊었다. 절친했던 전 직장 동료의 전화였다. 경우 아저씨가 드디어 경위로 승진을 한 모양이었다. 아버지는 평소 박 경위에게 약간의 죄책감을 가지고 있었다. 그것은 아버지의 계급이 더 높았기 때문인데, 어쩔 도리는 없었다. 대신 아버지는 박 경위의 아내를 흠모한 적이 있었다. 오래전이긴 하지만 아버지는 내게 안 해도 되는 얘기들을 잔뜩 쏟아 낸 적이 있다. 그 고백은 꽤나 구체적이었다. 아무튼 아버지는 그로부터 이틀 뒤에 내게 남아공 어학연수를 허락했다.

아버지는 박 경위를 동료들 중 가운데 가장 가까운 사이라고 생각했지만 동시에 껄끄러워했는데, 그게 아버지 혼자만의 감정이었기 때문에 아버지에게는 그와의 만남을 피하기 위한 몇 가지 핑계들이 있었다. 일상적으로 가장 많이 쓰는 거절 방식은 딱 그날만 시간이 안 된다는 것이다. 시골에서는 봄부터 가을까지 모든 것이 일이고, 안 살아 봐서 그렇지 여기서는 겨울에도 할 일이 쌓였다는 것이었다. 하지만 아버지는 한가한 편인 데다 봄이 오기 전까지 밭을 그냥 얼려 둘 예정이었다. 그래도 아버지 탓만을 할 수는 없는 게 박 경위가 원했든 원치 않았든 그가 아버지의 해임 과정을 전부 지켜봤다는 사실.

7

아버지는 25년 동안 일한 직장에서 5년 전에 해임됐다. 순경부터 시작한 아버지가 꾸준히 승진을 거듭한 건 쉬운 일이 아니었다. 아버지는 능력을 인정받았고 집에서도 늘 책을 쌓아 두고 공부했다. 그러나 아버지는 가족 농장에서 고구마를 수확하다가 해임됐다. 수확의 단맛에 빠져 훌쩍, 점심시간을 넘겼던 것이다. 아버지는 항소와 상고가 전부 실패로 돌아가자 한동안 술에 찌들어 지냈고 자연스럽게 사람을 멀리하기 시작하더니 결국 농장으로 쏙 들어가 버리고 말았다. 항소와 상고는 3년 넘게 계속됐는데, 끝내는 괘씸죄까지 말로 돌려받았는지 연금마저 반으로 삭감되었다. 언니는 아버지의 서재에서 재판 중인 보고서를 뒤적이곤 했다. 직접 키우고 캐낸 고구마를 들고 뿌듯해하던 아버지가 찍힌 사진을 들여다보던 언니는 처음엔 웃음을 참느라 애썼고 끝내는 무표정을 유지할 수 있게 되었는데 그럴 때면 마치 혹독한 훈련에 완벽하게 적응된 병사 같았다.

아버지의 항소장에 의하면, 그날 아마존 단란주점에는 지역 향우회 사람들 넷, 아버지의 동료들이 셋 있었는데, 향우회 쪽에서 돈 봉투를 돌렸고 아버지만 그 돈을 거부하고 나왔다는, 뭐 그런 얘기였다. 아버지는 그 사건을 윗선에 보고했고 돈을 받은 아버지의 동료들은 계급별로 3개월 감봉이나 정직 처분을 받았다. 그 일로 동료들의 눈 밖에 나 버린 아버지에게 누군가가 사람을 붙였고, 그래서 일이 이렇게 되었다는 건데, 그러니까…… 요지는 해임은 너무하지 않냐는 것이었다.

우리는 아버지가 경찰이든 경비든 크게 상관하지 않았는데, 아버지는 그렇지 않은 모양이었다. 아버지는 우리가 그것을 상관하지 않는 사실을 이해하지 못했다.

아버지가 새 변호사를 선임하기 직전 나는 1년 동안 준비해 온 남아공 어학연수를 떠나게 되었고 연수를 마치고 돌아왔을 때 언니는 조울증 환자가 되어 있었다. 사람들은 우리에게 지금은 어떻게 되어 가고 있냐고 물었고, 간혹 이제 정말 끝난 거냐고 묻기도 했다.

8

오늘 아침 차 안에서 어머니는 아버지가 이제 괜찮을 거라고 말했다. 덧붙여 아버지는 강한 사람이기 때문에 이제 다 잊었을 거라고 말했다. 어머니, 언니는요?

9

아버지가 숟가락을 내려놓고 커피 믹스를 찾았다. 어머니가 재빨리 커피포트에 생수를 붓고 전원을 켰다. 아버지는 종이컵에 커피 믹스를 부은 뒤 개들에게 밥을 주고 오겠다며 견사로 갔다.

아버지의 컨테이너 한 채에는 애견 분양 도매 사업을 하는 사람이 들어와 있었는데 그가 사업을 처분하면서 아버지에게 강아지 여섯 마리를 넘겨준 것이 시작이었다. 그 뒤 견사와 집을 왔다 갔다 하던 아버지는 조금씩 필요한 물건들을 이곳으로 옮겨 왔고 급기야 집을 나왔다. 아버지가 이 일을 하겠다고 했을 때 어머니의 반대가 심했다. 어머니는 교회 사람들과 개고기 식용 반대 캠페인과 유기견 보호 운동을 해 오고 있었다. 무슨 이유에선지 어머니는 그때 그 일에 열렬히 매달리고 있었다.

아버지는 어머니의 극심한 반대에 부딪혀 이 일을 취미로만 하겠다는 것을 강조했지만 어머니는 들은 척도 하지 않았다. 결국 다시는 어떠한 일이 있어도 절대 헛돈 쓰는 일은 없을 거라는 약속을 하고 나서야 아버지는 이곳으로 올 수 있었다. 말하자면 아버지는 모든 것을 포기한 셈인 것이다.

아버지는 내가 남아공에서 돌아와 얼마 되지 않았을 무렵 동네 단골 술집에서 만취 상태로 변호사의 얼굴을 주먹으로 가격해 주위 사람들의 원성을 산 적이 있다.

10

처음부터 어머니의 목소리가 컸던 것은 아니었다.

11

커피포트의 물은 빨리 끓었다. 아버지가 견사에서 돌아오지 않아 우리는 물을 붓지 않고 기다렸다. 그리고 아버지가 왔을 때 어머니는 커피포트의 전원을 다시 켜야 했다. 우리는 여전히 철제 침대에 걸터앉아 있었고 아버지가 아끼는 개 웅이와 어미 개는 쭉 같은 자세로 자고 있었다.

저는 물을 반만 부어 주세요.

언니가 말했다.

차가운 겨울 공기와 달콤 쌉싸름한 믹스 커피 향 때문인지 아버지 말마따나 캠핑을 온 것 같기도 했다. 우리는 잠시 말없이 커피를 마셨다.

정말 고요하긴 하네요.

어머니가 말했다.

좋지?

아버지가 대꾸했다.

그렇게 좋으면 무인도에나 가서 사세요.

어머니는 성격이 시원시원했지만 급한 편이었다.

그래, 너는 아직도 취업 준비 중이냐?

아버지가 언니에게 물었다.

네, 아버지, 비뇨기과 두 군데와 상조 회사 한 군데에 원서를 넣어 두었어요.

언니가 대답했다. 잠시 침묵이 흘렀다. 고요에 고요를 더하자 공기가 무거워졌다. 웅이가 침대에서 내려와 배변판 쪽으로 갔다. 어미 개가 그 뒤를 따랐다.

서울로 학교를 보내는 게 아니었어.

아버지가 한숨을 쉬며 말했다.

저는 서울에 있는 학교에 가기 위해 10년 동안 새벽 5시에 일어났어요. 학교 공부를 마치고 나면 '영재들의 오후'라는 학원에서 야만적인 오후를 보냈고요.

언니가 말했다. 어머니가 무슨 말을 하려다가 말았다.

아버지, 아버지는 아버지 자신을 사랑할 수 있다고 생각하세요?

언니가 아버지에게 물었다.

얘네 회사에서는 아침마다 이상한 구호를 외친다고 해요. 너 한번 아버지께 보여 드려 봐라.

언니가 내게 눈짓을 주었다. 그러자 아버지가 언니를 걱정스럽게 쳐다보면서 말했다.

과거는 잊는 것이 좋다. 이제 내일이면 새해고 하니까…… 까지 말했을 때 나는 어떤 배경음악처럼 작게 박수를 치며 회사의 아침 조회 구호를 외쳤는데,

나는 내가 정말 좋다, 나는 나를 사랑한다.

구호가 끝나자 어머니가 말했다.

당신이나 잊으세요.

어머니의 말이 끝나자 언니가 말했다.

아버지, 걱정하지 마세요, 저는 늘 지금이 최악이라고 생각하기 때문에 제 인생이 더 나빠질 것이라고는 생각하지 않아요.

12

아버지는 늘 언니를 무시했다.

13

당신, 여기서 지내는 것은 어때요? 불편할 것 같은데요.

어머니가 분위기를 털어 보려고 아버지에게 말을 건넸다. 어머니가 오늘 우리를 다 데리고 이곳에 온 것은 아버지에게 다시 집으로 들어온다는 약속을 받기 위해서였다. 그날이 언제가 되었든 약속만이라도 받아야 어머니는 집에 돌아갈 것이었다.

몸은 불편해도 마음은 편해.

아버지는 말을 이었다.

일만 생각하면서 평생을 살아온 것 같은데 이상하게도 지금은 그게 남의 일 같기만 해. 나는 마치 아주 오래전부터 여기서 이렇게 개들과 살아온 것 같은 느낌이야, 여보.

아버지의 대답에 어머니는 실망하는 기색이 역력했다.

아버지, 저는 아버지가 정말 자랑스러워요. 돈이나 권력의 논리에 줄서지 않은 경찰은 제가 알기론 아버지가 유일해요.

내가 말했다.

돈이나 권력의 논리⋯⋯.

언니가 웃었다. 아버지가 일어섰다. 언니가 들고 있던 빈 종이컵을 떨어트렸다. 아버지가 밖으로 나가자 개 두 마리가 열린 문 사이로 아버지를 따라 나갔다. 어머니가 뒤이어 밖으로 나갔고 나는 언니를 바라보았다. 언니는 나와 눈을 마주쳐 주지 않았다. 나는 밖으로 나갔다.

그 애와 대화를 하고 싶은데 늘 방법을 모르겠어.

아버지가 말했다. 아버지는 담배를 깊게 빨아들였다.

그 말조차 지겹네요.

어머니가 말했다. 그러고선 춥다면서 안으로 들어갔다. 곧이어 아버지도 담배를 비벼 끄고 안으로 들어갔다. 눈발이 조금 약해져 있었다. 나는 개 짖는 소리가 나는 쪽으로 걸었다.

14

견사는 아버지가 직접 지은 듯했다. 여기 있는 개 여섯 마리는 모두 혈통서를 가지고 있는 고급견으로 두 구역으로 나뉜 견사에서 생활했다. 컨테이너 한쪽에는 출산을 앞둔 개를 위한 공간이 따로 마련되어 있었고 지금은 비어 있었다.

두 칸의 견사 옆으로 길게 수납장이 놓여 있었다. 수납장에는 각종 애견용품들이 잘 정리되어 있었다. 나는 닭고기와 단호박으로 만든 간식 몇 개를 꺼내 견사에 던졌다. 그리고 출산을 앞둔 개들을 위해 비워 둔 곳에 신발을 벗고 들어가 웅크리고 누웠다. 누워서 담배를 피웠는데 개들이 단체로 짖는 통에 아버지가 올까 봐 끝까지 피우지는 못했다.

15

아버지의 컨테이너로 돌아왔을 때는 어머니가 막 설거지를 끝낸 참이었다. 설거지를 끝낸 어머니는 핸드백에서 작은 액자를 꺼냈다.

여보, 망치 좀 줘요.

어머니는 아버지의 마음을 움직이기 위해 가족사진을 액자에 넣어 가져온 모양인데, 그것이 아버지를 집으로 돌아오게 할 수 있다 확신하고 있는 듯했다.

견사에 있는 모양이야.

한참 서랍을 뒤지던 아버지가 말했다.

제가 다녀올게요.

내가 말했다.

또 어디다가 빌려주고 돌려받지 못한 것 아니에요?

어머니가 말했다.

그런 게 한두 번이냐구요.

어머니가 또 말했다.

그냥 한편에 세워 두고 나중에 박으면 되잖아요, 어머니.

내가 말했다. 그러나 어머니는 안 된다고 했다. 아버지는 나중에 한다고 하고 안 한다는 것이었다.

그런데 망치만 있으면 돼요? 여기가 못으로 뚫리기는 하나요?

내가 컨테이너의 벽을 만지며 말했다.

그걸로 치면 사람도 죽어 나가는데 못 하나 못 박겠니?

언니가 말했다.

여보, 쟤 좀 보라구.

아버지가 어머니에게 말했다.

16

말일인 데다 일요일이라 문을 닫았을 거야.

아버지가 말했다.

일단 나가 보자구요.

어머니가 말했다. 우리는 모두 차에 올랐다. 운전대는 아버지가 잡았다. 뜸해졌던 눈발은 어느새 그쳐 있었다.

30여 분을 달려 읍내에 도착했다. 읍내 중심가라고 해도 거리는 한적했다. 막상 올해가 몇 시간 남지 않았다고 생각하니 기분이 이상했다. 나는 담배를 피우고 싶었다. 아버지는 농협 주차장에 차를 댔다. 바로 근처에 철물점이 있었다.

일요일인데 문을 여셨네요?

어머니가 말했다.

우리는 일요일 그런 거 없어요.

철물점 주인이 말했다.

그죠?

어머니가 웃었다. 아버지는 철물점 안을 구경하기 시작했다. 그러는 사이 언니가 속삭이듯 철물점 주인에게 물었다.

요 정도 되는 게 어떤 거예요?

언니가 엄지와 검지를 10cm 정도 벌려 보였다. 철물점 주인은 금세 물건 하나를 꺼내 보였다.

이런 걸 아가씨가 어디가 쓰시게?

철물점 주인이 언니에게 물건을 건넸다. 언니는 그걸로 내 머리를 몇 번 건드렸다.

이거 얼맙니까?

아버지가 주인에게 묻고는 현금으로 망치 값을 계산했다. 우리는 모두 철물점에서 나왔다. 주차된 차가 코앞에 있었지만 누구도 차에 타지 않았다. 어디선가 바닷바람이 불었고 아버지의 방은 너무 춥고 좁았다.

근처에 유명한 절이 있지 않아요?

어머니가 말했다.

그렇지만 배를 타야 해.

아버지가 말을 잘랐다.

저는 배가 고픈데요.

언니가 손을 들고 말했다.

우리는 순댓국집으로 갔다. 아버지가 언니에게 먹고 싶은 것을 물었더니 순댓국이라고 했기 때문이다. 우리는 순댓국 네 그릇과 소주 한 병을 주문했다. 아버지가 토종 순대 한 접시를 추가로 주문하자 언니가 찹쌀 순대로 정정했다.

그리고 아버지, 모르시겠지만 저는 소주는 못 마셔요, 한 잔도.

언니는 손을 들어 맥주를 주문했다.

오늘 교회에 안 가길 잘했네요.

당근을 쌈장에 찍으며 어머니가 말했다. 어머니의 그 말 뒤로는 모두 별 말이 없었다. 그러나 말없이도 우리는 소주 네 병과 맥주 여섯 병을 마셨고, 언니는 찹쌀 순대 한 접시를 더 추가해 먹었다. 소주 네 병 중 세 병은 아버지가 마셨고 내가 한병을 마셨는데 맥주 여섯 병은 전부 언니가 마셨다.

순댓국집에서 나오자 날이 어둑해져 있었다. 우리는 모두 차에 올라탔다. 운전대는 물을 마신 어머니가 잡았다.

케이크라도 살까요?

내가 말했다.

컵라면이나 몇 개 사 가지. 우회전.

아버지가 말했다. 어머니가 편의점 앞에서 차를 세웠다.

제가 다녀올게요.

언니가 말했다.

아니야, 언니. 내가 갈게.

내가 말했다.

가만히 있어.

언니가 말했다. 나는 멍하니 언니가 편의점에 들어가 건물 화장실 키를 받아 화장실에 다녀오고 물건들을 집어 계산하는

것을 지켜봤다. 어머니는 역시 돌아오는 길에도 헤맸는데 이번
엔 어두워서였다.

17

차에서 내리자 언니가 앞장서서 걸었다. 컵라면이 든 봉지
는 아버지가 들었다. 견사에서 새어 나오는 희미한 불빛이 주
변을 조금 비추긴 했지만 워낙 사방이 어두워 앞이 잘 보이지
않았다. 네 사람의 발소리가 컨테이너에 가까워지자 개들이 한
꺼번에 짧게 짖었다.

아버지의 방에 들어섰을 때 언니가 물었다.

아버지, 저게 뭐예요?

우리는 모두 가만히 서서 천장을 바라보았다.

어, 저거. 뭐 말이냐.

아버지는 당황한 듯했다.

아버지, 저 야광 별들 전부 몇 개예요?

언니가 다시 물었다.

그걸 내가 어떻게 아냐.

아버지가 대답했다. 언니가 웃었다.

왜 웃냐?

아버지가 물었다.

냐, 냐 하지 말라니까 그래요. 어서 불이나 켜요.

어머니가 말했다.

아버지가 붙이신 것 맞네요, 뭘.

언니가 말했다.

아니다. 아버지가 아니라면 아닌 거야.

아버지는 그렇게 말하고 벽을 더듬어 전등 스위치를 올렸다. 등이 몇 번 깜빡깜빡하더니 안이 환해졌다. 웅이와 어미 개가 얽혀 있었다.

18

머…… 먹을 것도 좀 챙겨 왔는데, 아까 못 봤죠, 여보?

어머니는 종이봉투에서 통조림과 김, 즉석 국 등을 꺼냈다. 아버지는 어머니의 말에 대꾸하지 않고 컵라면 네 개가 든 봉지를 냉장고 옆에 내려놓았다. 모든 것은 일단 냉장고 옆에 내려놓아야 하는 모양이었다. 그러고 보니 아버지는 이 작은 컨테이너와 매우 잘 어울렸다. 나는 봉지에서 컵라면을 꺼내 냉장고 위에 올려 두고 봉지를 돌돌 말아 구석에 처박았다. 봉지는 구석에 가서 다시 부풀었다.

그게 뭐니, 그게 뭐야! 뭘 처박니!

나는 갑자기 욱한 아버지의 지적을 받고 다시 봉지를 꺼내 아버지가 가리키는 서랍에 넣었다. 세 칸짜리 서랍장 중 가장 아래 서랍에 봉지를 넣어야 했다. 그러는 사이에도 두 마리의 개는 여전히 얽혀 있었고 우리는 그런 것을 처음 보는 건 아니었지만 모두 못 본 척했다.

이런 건 읍내에 나가 사도 되는데 그래. 오. 육개장. 그래, 겨울엔 얼큰한 게 좋지.

아버지는 어머니가 챙겨 온 간편식들을 뒤적이며 앞뒤가 맞지 않는 말을 쭉 이어서 했다.

가만 계시고 드시기나 하세요.

어머니가 정리를 도우려는 아버지를 말리며 말했다.

아니야, 여보 다 자리가 있어서 그래.

아버지는 그렇게 말하고 금세 정리를 끝냈다. 그리고 서랍에서 팩 소주와 오징어를 꺼냈다. 아버지는 오늘 술을 매우 많이 마실 작정인 것 같았다.

여기 이렇게 밤에 혼자 있으면 얘들이 아빠의 친구다.

아버지가 팩 소주와 오징어를 들었다 놨다 하며 말했다. 언니가 아버지를 바라보았다. 그때였다.

웅이 이놈! 엄마한테 뭐하는 거냐!

아버지가 소리쳤다. 아버지의 호통에 두 마리의 개는 배변판 쪽으로 도망갔는데 거기서도 하던 것을 계속했다.

19

아버지는 오징어를 구워 팩 소주를 마셨다. 두 팩을 다 마시는 동안 아버지와 어머니만이 무의미한 대화를 가끔 주고받았다. 아버지가 시간이 늦었으니 액자는 내일 걸자고 말하고 어머니가 시끄럽다고 쫓아올 이웃도 없는데 시간이 무슨 상관이냐고 띄엄띄엄 대꾸하는 식이었다. 하지만 어머니는 시간은 상관없다고 말만 했지 막상 액자를 걸 생각은 없어 보였다.

어머니가 모두에게 커피를 권했다. 언니는 커피를 거절하고 앉아 있는 몸을 조금 더 뉘였다. 그러나 잘 생각은 없어 보였다. 나는 얼른 커피를 마시고 나가 담배를 피워야겠다고 생각했다. 그리고 견사로 가 비어 있는 곳에서 잠시 눈을 붙여야겠다고 생각했다. 아버지는 커피를 안주로 팩 소주를 마셨는데 어쩐지 표정이 이상했다.

아버지, 오늘 기분 좋으세요?

내가 물었다.

그래. 아까 박 경위 하는 말 못 들었니? 요즘 이 아빠가 재밌어졌다고 말이야.

아버지가 말했다.

아뇨, 아버지. 기분이 좋으시냐구요.

내가 다시 물었다.

그럼. 우리가 이렇게 함께 새해를 맞이하는데 이보다 더 좋을 수는 없지 않겠니?

아버지가 대답했다. 취한 것 같았다.

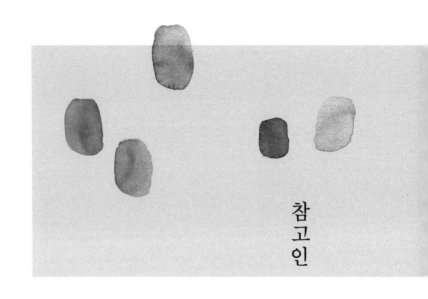

참고인

1

얼마 전에 나는 서른한 살이 되었는데 그냥 스물한 살이라고 해도 이상하지 않을 것 같다. 나이에 맞는 행동을 해야 하는 게 아니라 행동에 맞게 나이를 정했으면 좋겠다. 나는 뭐 하나도 스스로 결정하지 못하는 사람이다. 예를 들어 내가 뭘 써야 할지 몰라 고민하다가 그에게,

오빠 얘기도 조금 들어가.

라고 말하자 그는 그러지 말라고 했다. 그러자 나는 오직 그의 이야기만을 써야지 하고 결심했다. 어차피 그가 이 글을 볼 일은 없을 것 같아 농담이었다고 그를 안심시켰다. 이제 그는 심심할 때만 내게 전화를 걸어 자기 얘기나 하지 내 안부나 근

황 따위는 묻지 않는다.

아무도 내게 안부를 묻진 않지만 내겐 하니가 있다. 하니가 있는 게 아니라 하니밖에 없다. 하니는 나랑 같이 사는 강아지 인데 원래 내 개는 아니고 집주인이 맡기고 간 아이다. 세 살이고 사람으로부터 유기되었던 적이 있는. 집주인은 미국으로 떠나면서 내게 집과 하니를 맡겼다. 덕분에 나는 독립을 하게 되었다. 그사이 집주인은 미국 영주권을 신청했고 얼마 전 한국에 잠시 다녀가면서 당분간 더 이 집에 살아도 된다고 말했다. 독립을 하면서 나는 30년 만에 처음으로 30년 동안 살던 곳을 떠났다. 지금 나는 집 근처 학원에서 아이들을 가르치고 있고 뚱뚱하다. 시간은 이상하게 흘러갔다. 그동안의 시간은 내가 살았기 때문에 이상하게 흘러간 것 같다. 말하자면 내 시간만 이상했을 것 같다는 이야기다.

2

집에 비해 내 짐은 적었다. 아버지가 홈쇼핑으로 구입한 수납 박스 네 개로 충분했다. 원래 옷도 없고 뭣도 없지만 나 나름대로 저는 이 집을 탐낼 생각은 없습니다, 너무 제 집처럼 쓸 생각은 없어요라고 어필한 것이었다. 선배에게 받은 기타를 가져왔으나 두 번 정도 친 것이 전부다. 독학을 하기엔 음악적 재능이 없는 것 같고 학원에 다닐 돈은 없어 그냥 방치하고 있다. 없는 재능이 생길 일은 없고……. 자기 돈으로 기타 줄을 갈고 배송비까지 지불한 선배에게 미안한 마음이 든다. 그날 술값이며 택시비까지 모두 선배가 냈는데. 연락이 되지 않는 게 그 때문일 리는 없지만, 어쩐지 지금은 선배를 생각하면 모든 것이 민망할 따름이다. 짐을 최소화하려고 했는데 저 기타 덕분에 최소화란 말은 어울리지 않게 되었다. 말 그대로 짐이 된 것이다.

가져온 짐들 중에서 가장 마음에 드는 것은 빨래 건조대다. 필요한 물건들을 구입하면서 처음엔 속옷만 널 수 있는 작은 건조대를 살 생각이었는데 막상 배송되어 온 것은 큰 건조대였다. 이 집에 들어오던 날 도우미 아주머니가 내게 이사 오냐? 무슨 이런 것까지 챙겨 오냐? 하고 말해 나는 마치 이 집이 비길 오래전부터 기다렸던 사람처럼, 좋은 집에 못 살아 안달이 난 사람처럼 보였구나 싶어 얼굴이 벌게졌었다. 하지만 지금은 원래 이 집에 있는 건조대의 사용이 불편해 큰 건조대를 사오길 잘했다는 생각이 든다.

나는 여기 와서 처음 빨래를 하기 시작했는데 하다 보니 거의 매일 하게 되었다. 하루는 빨래를 하고 하루는 마른빨래를 개키다 보면, 나는 매일 빨래와 관련된 일들을 하고 있었다. 빨래를 너무 좋아해서 하는 것이 아니라 정신을 차리고 보면 빨래를 하고 앉아 있었다. 정말 빨래를 한 다음에 앉아 있었던 것은 아니고 '웃기고 앉아 있네'에 쓰이는 '앉아 있다'다. 라디오

에서 모든 증상은 가면을 쓴다는 정신과 의사의 말을 들은 뒤
로 내가 한 번 입은 옷은 무조건 빤다는 것을 의식하기 시작했
는데 그게 어떤 증상의 가면인지는 모르겠다. 알게 된다고 한
들 지금보다 빨래를 적게 하는 것 말고 더 좋아질 것도 없으니
굳이 알고 싶지도 않다. 아…… 이런 태도로는 정신과 의사에
게 상담조차 받지 못할 것 같다. 그러니까 애초에 나같이 멍청
하고 나약한 인간은 의식이라는 단어도 쓰지 말아야 한다. 나
는 빨래를 널어놓고 자주 언니의 메일을 다시 읽는다.

3

주연아.

그곳 생활은 어때? 너무 덥지 않니? 넌 더위를 많이 타서 여
름을 싫어하잖아. 얼굴 전체에 땀이 나고……. 특히 콧잔등과
인중에 땀이 많이 나서 늘 콤플렉스에 시달리곤 했었지. 수염
이 난 것도 아닌데 늘 인중이 퍼렇고 말이야. 그러고 보니 얼굴
도 검은 편인데 더 검어졌을까 걱정이다.

여긴 여전해. 봄이라서 라일락 향이 동네를 하루 종일 맴돌
고 있어. 네가 가장 좋아하던 꽃이잖아. 라일락은 자기를 보이
기도 전에 늘 향으로 먼저 존재를 알린다고 했었지? 깜깜할 때
동네 골목으로 들어서면 라일락은 안 보이고 그 향기가 먼저

풍성하게 반긴다고. 넌 자주 술을 마시고 늦게 들어오곤 했었지. 지금도 그러니?

네가 떠난 게 한 달 전이고…… 겨우 한 달이 지났을 뿐인데 계절이 겨울에서 봄으로 바뀌었네? 언니도 그새 임신 3개월 차에 접어들었어. 아직 입덧을 한다거나 그런 건 없어. 임신 체질인가? 나중에 시작되는 경우도 있다고는 하는데 별걱정은 하지 않고 있어. 그러고 보니 넌 내 임신 소식을 듣자마자 떠났지. 왜 그랬지? 뭐 아무튼…… 형부도 잘해 주고…… 얼마 전엔 안개꽃을 한 다발 사오기도 했어. 알다시피 이 동네엔 꽃집도 없는데 어디 시내에 나간 김에 사온 건지 일부러 나간 건진 모르겠지만 나로선 정말 감동이었단다.

아버지에게도 잘해서 그제는 아버지 드시라고 홍삼도 사 왔어. 물론 아버지는 홍삼을 먹고 술을 더 많이 마시고 또 홍삼을 먹고 술을 더 많이 마시고 그래. 홍삼 때문에 그런가 봐. 아무튼 건강하면 되는 거 아니겠니?

아 참, 태명을 뭐로 지을지 몇 주째 고민이다. 도저히 못 짓겠는 거야. 넌 글을 잘 쓰고 하나밖에 없는 이모니까 네가 좀 지어 줬으면 좋겠는데. 연예인들의 태명도 그렇고 주변 사람들의 태명은 거의 다…… 너무……. 뭐랄까, 그러니까 내 말은 너무 거창한 건 싫더라고. 언닌 요즘 앞날을 참 희망적으로 생각하고 있고 늘 기분이 좋단다. 그래도 태명은 좀 점잖았음 해.

추신

처음으로 이렇게 네게 메일을 쓰니 색다른 기분이 들어(좋
다는 뜻).

담배를 피우고 싶은데 애 때문에 참고 있다(피워도 될 것
같기도).

4

내가 처음 호주에 간다고 했을 때 언니는 호주? 하고 되물었
다. 언니는 내가 호주에 가면 농장에서 과일들을 따다가 사기
나 당한 뒤 돌아오는 것은 아닌지 걱정했다. 막상 내 인중이나
걱정할 거였으면서. 아무튼 그때 아버지는 언니에게 임신도 했
는데 너무 많이 걱정하지는 말라고, 쟤도 이제 서른이라고 말
했다. 맘먹으면 호주가 뭐냐, 어디든 갈 수 있지. 아버지가 말했
다. 사실 나는 언니와 가까운 곳에 살고 있다. 언니, 나 말이야.
호주가 아니라 파주에 살아.

아무튼 형부가 언니에게 잘해 주는 것 같아 다행이다. 형부
에게 전과가 있어서 처음에 아버지와 나는 언니의 결혼을 반대
했다. 하지만 그사이에 언니는 덜컥 임신을 하고 말았다. 전과
가 있다 뿐이지 재작년부터는 성실히 사설 가스 회사 같은 데
를 다니고 있다고 한다. 대전에 새 지부가 생긴다면서 언니를

대전까지 데려가려고 하는 걸 아버지가 겨우 말렸다. 형부는 변두리에서 흔히 볼 수 있는 양아치 같았는데 다행히 행동에는 낭만적인 구석이 있었다. 눈빛에서는 어떤 알 수 없는 서글픔이 느껴지기도 했고.

키가 작고 상체가 전부 문신이야. 어떤 사람이냐고 물었을 때 언니는 그렇게 말했다. 나도 예전에 두 팔뚝이 문신으로 가득 찬 남자를 사귄 적이 있었다. 가는 두 팔뚝이 망친 문신으로 가득 찬 남자. 추위를 많이 타고 애교가 많았던 남자. 전과가 있어도 좋으니 내게 안개꽃 한 다발을 안겨 줄 사람을 만나고 싶다. 아르바이트를 하고 있는 작은 학원엔 나를 포함해 여자만 셋이다. 무척이나 아쉬운 투로 말하고 보니 내가 무척이나 남자를 밝히는 여자인 것만 같은 기분이 든다. 그래서.

5

집에 오면 늘 이 따위 생각뿐이지만 학원에서는 마치 다른 인간인 양 군다. 그건 생각보다 외로운 일이었다. 가끔 실수를 할 때도 있었는데 술이 덜 깬 채 출근을 했을 때다. 얼마 전이었다. 친구는 원치 않는 임신을 했고 우리는 베이비 박스를 운운하며 술을 마셨다. 그러자 그 친구는 먼저 자리에서 일어났다. 남은 친구와 나는 계속해서 술을 마셨고 새벽 3시에 헤어져 그의 집엘 찾아갔다. 다행히 그는 와도 좋다고 말했고 나는 행복했다. 가는 도중 그가 문자메시지로 컵라면이나 사 오라고 해서 나는 그에게 잘 보이려 컵라면을 사기 위해 편의점에 들렀다. 그가 빨간 국물 라면보다 하얀 국물을 더 좋아해서 나는 시중에 나와 있는 하얀 국물 컵라면을 전부 샀고, 혹시 몰라 그의 부엌에서 보았던 빨간 국물 컵라면도 하나 샀다. 우리는 라면을 먹고 맥주를 마셨다.

전에도 한번 친구 둘과 술을 마시고 취해 그의 집엘 찾아가서 컵라면을 먹은 적이 있었다. 내가 친구들을 데려간다고 말하자 그는 거절했는데도 나는 친구들을 데려갔다. 다음 날 그는 내게 진상이라고 말했는데 그러자 나는 몹시 기분이 좋았다. 진상인데도 날 좋아하는 것 같아서 세상에 두려울 게 없단 생각까지 들었던 것이다. 뭐…… 지금 생각해 보니 그건 그저 내 생각일 뿐이었고 실은 더도 말고 할 것 없이 진상이었던 것 같다.

중간에 술이 떨어지자 그가 이것밖에 안 사 왔느냐고 말해서 나는 얼른 나가 술을 더 사 왔다. 그리고 3시간쯤 자고 일어나 못생긴 얼굴로 그와 인사 같지도 않은 인사를 하고 학원에 출근했다. 내가 신발을 신으면서 택시비를 좀 달라고 말하자 그가 현금은 2000원뿐이라고 말했다. 버스비가 아니라 택시비라니까라며 속엣말을 하고는 2000원을 받아 나왔다. 그때 어디선가 낮게 북소리가 들렸다.

북소리를 들으며 모퉁이를 돌아 편의점에서 로또 두 게임을 샀다. 얼마라도 당첨이 된다면 얼마전 들이닥친 그와의 이별을 감사하게 생각할 수도 있을 것 같았다. 2등이 된다면 그에게 몇 백만 원 정도 줄 수 있을 것 같았고 1등이 된다면 1억은 줄 수 있을 것 같았다. 그리고 나는…… 작은 카페? 아니면 일본식 선 술집? 아무튼 학원은 아닌 무언가를 열고 싶었고 그때 나는 나라는 인간의 마음과 생각이 참을 수 없이 가난하다는 것을 깨달을 수 있었다. 그 생각 때문인지 술이 덜 깨서인지는 몰라도 실제로 얼굴이 화끈거려서 택시 창문을 조금 열었다.

택시에서 원장에게 아침까지 술을 마셔서 지금 가고 있다는 문자를 보냈다. 한 시간 늦게 학원에 도착했을 때 이미 내 방에는 열 번 말하면 두 번쯤 말을 듣고 여덟 번쯤 말을 안 듣는 아홉 살 남자아이가 와 있었다. 그림 선생님이 아이들을 서너 명씩 가르치다가 한 명씩 내 방으로 보내면 나는 그 애들과 일대일로 글 수업을 했다. 그 애는 휴대전화로 게임을 하고 있었다.

휴대폰 집어넣어.

싫은데요?

왜.

그냥요.

그냥 왜.

아, 그냥요.

선생님이 오늘 피곤하니까 말 좀 들어.

선생님 술 마신 것 같아요.

나는 당황해서 술은 니가 마신 것 같은데라고 이상하게 받아친 뒤 수업을 안 할 거면 그림 방으로 가라고 해 버렸다. 그 애는 가지 않고 노트를 폈다. 정말 진심이었는데 그 애는 가지 않았다. 정말 말을 듣지 않는군, 생각하면서 나는 알아볼 수 없는 글씨를 쓰고 있는 그 애의 옆모습을 바라보았다. 쟤도 커서 누군가를 만나고……. 이렇게 저렇게 살아가겠지 하는 생각을 했다. 전과가 생길 수도 있고 많은 돈을 벌 수도 있고 정치를 할 수도 있고 아이돌 그룹의 리더가 될 수도 있겠지. 잘생겼으니까. 어른이 되기 전에 죽을 수도 있을 거고, 죽지 않는다면 모든 사람들처럼 많은 일을 겪겠지…… 생각하면서 술을 깨려고 계속 물을 마셨다. 술에 취한 채 출근하면 그날 앞 타임에 온 아이들에게 이런 식으로 행동하곤 한다. 다행히 오후쯤 되면 정신을 차린다.

그 주 토요일 저녁, 로또 당첨 방송을 보았다. 내가 산 두 게임 중에 한 게임이 5000원에 당첨되었다. 로또도 그의 돈으로 샀으니 5000원을 번 셈이었다. 나는 조금 더 그를 잊지 않아도 되겠다고 생각했다. 5000원 가지고 이별을 퉁치기는 좀 그랬다.

6

주연아.

아직 전화를 할 수는 없는 거니? 목소리 듣고 싶다. 여긴 벌써 초여름 날씨야. 얼마 전엔 때 아닌 폭우가 며칠이나 내리기도 했어. 장마처럼 말이야. 작년에도 그랬던 것 같아. 막상 여름엔 비가 별로 오질 않아 농사짓는 사람들이 정말 힘들었잖아. 수확할 때 되면 또 자기 맘대로 쏟아지고. 그러고 보니 왜 사람들은 편지를 쓸 때 날씨 얘기부터 하는지 모르겠어. 어디서 그렇게 배웠나? 너무 뻔하잖아. 하지만 우린 너무 멀리 떨어져 있으니 해도 될 것 같아. 재작년부턴가 3, 4월에도 눈이 내리질 않나, 5월인데 8월처럼 덥질 않나, 날씨가 엉망이 되어 버렸잖아. 아무도 기상청을 믿지 않고 말이야. 올해는 더 심한 것 같아. 32년 넘게 사계절을 겪어 왔는데도 이토록 적응이 안 되는 걸 보면 인간이란 것도 참 우스워.

쓸데없는 말이 길어졌다. 답장에 태명 안 적었더라? 확 주연이라고 해 버릴까 보다. 그러면 너처럼 사랑스러운 아이가 태어날 것 같아. 알지? 언니가 널 얼마나 사랑하는지. 거기서 많이 힘들고 외로울 걸 알아. 눈물이 날 때면 호주에 있는 너 자신을 두 번째 너라고 생각해. 진짜 너는 여기 언니와 함께 행복하게 살고 있다고. 그렇게 생각하면 나쁜 감정들이 사라질 거야. 실제로 언니는 아홉 살 때 어머니와 같이 시장에서 돌아오던 날 이미 죽었단다. 그 후의 삶은 마치 보너스 같아서 조금만 좋은 일이 생겨도 웃음이 나는 거야. 모든 것에 감사할 줄 알게 되는 거지. 어때? 언니처럼 한번 생각해 볼래?

언니가 네 옆에 있었다면 너에게 많은 도움을 줄 수 있었을 텐데, 그래도 언니를 위해서 한번 노력해 주렴. 넌 비관적인 편이라 쉽진 않겠지만.

아기도 잘 자라고 있다고 하고(딸인 것 같아) 형부도 아버지도 모두 건강해. 우리 걱정은 말고 널 잘 챙겨. 특히 몸 간수 잘하고. 외국인과는 사귀지 않길 바란다만 혹시 사귀게 된다면 어떤 사람인지 말해 줘. 궁금하다. 거기가 정말 그렇게 큰지.

7

외국인은커녕 한국인조차 제대로 사귀지 못하는 나에게 언니는 두 번째 메일을 저렇게 끝맺고 말았다. 얼마 전 헤어진 남자친구는 내게 세 번쯤 사랑한다고 말했다. 한 번은 만우절이었고 한 번은 술에 취해서였고 한 번은 내가 데이트 비용을 전부 지불한 날이었다. 아무리 내가 낙지를 좋아한다 해도 낙지 한 마리에 4만 원을 내고 싶진 않았는데⋯⋯. 뭐 아무튼⋯⋯ 그래도 듣긴 좋더라. 고백하자면 나는 그를 사랑한다는 감정 없이 그에게 사랑한다 말하곤 했다. 어쩌면 그는 자꾸만 사랑한다고 말하는 나를 부담스러워 했을지도 모르겠는데, 나는 그저 알콩달콩하고 싶어서 말한 것뿐이었다. 이상하게도 사랑한다는 마음이 들지 않았다. 나는 그것이 이상해서 나 자신에게 재차 물었다. 그러자 그렇다면 도대체 사랑한다는 게 뭔데에 도달하게 되었다. 사람마다 다른 거잖아……. 친구들이 피곤하다는 듯이 말했고 나는 내가 사랑을 느끼는 기준 같은 게 없다는 걸 알게 되었다. 왜냐하면 사랑에 빠진 적이 없었으니까. 30년을 살게 되면 사랑에 빠지는…… 그런 일쯤은 내가 원하지 않아도 일어날 수밖에 없는 일이라 생각했는데 내 경우엔 아니었다. 어떤 사람들은 걸레라는 소리를 들을 정도로 쉽게 사랑에 빠지기도 하던데.

8

그가 평소와 다름없이 통화를 하던 중에 나를 찼다고 생각했는데 돌이켜 보니 평소와 달랐던 것 같다. 그날 그의 목소리와 대화에서 나는 이별을 감지했다. 두려웠다. 나는 두려워서 하고 싶은 말도 제대로 하지 못한 채 전화기를 붙잡고 두서없이 애걸복걸하다가 끊고 말았다. 늘 그렇지만 담담해지려 할수록 나는 솔직해지고 말았다. 뭐…… 그러다가 전화를 끊었는데 다시 말하자면 전화가 끊겼다.

지금 생각하니 어떤 면에서는 웃기기도 하다. 실제로 나는 혼자 그 생각을 하다가 소리 내어 웃기도 했는데 그건 아무래도 내가 나 자신을 한 걸음 떨어져서 볼 수 있었기에 가능했던 것 같다. 뭐, 지금이야 웃지만 그래도 당시엔 할 말을 다 못 했다는 게 억울했다.

몇 없는 친구들을 모아 술을 마시고 노래방에 가서 노래를 부르자 눈물이 났고, 그러자 보통 여자가 된 것 같아 슬쩍 기분이 좋기도 했다.

9

차이긴 했지만 좋은 기억을 떠올려 보자. 사랑한다는 말 말고…… 예쁘다는 말도 들어 봤다. 나는 자주 그 순간들을 되새긴다. 수십 번 생각한 거라서 누군가 물어본다면 논리정연하고 빠르게 말해 줄 수 있다. 그중 한 번은 내 생일 즈음이었다. 체리색 염색약으로 집에서 염색을 했는데 하고 나니 검은색이 되어 있었다. 일주일인가 열흘 만에 만난 그는 내게 예뻐져서 왔네라고 말했다. 그 생각만 하면 고맙다. 물론 못생겼다는 말은 수십 번도 더 들었지만.

이제 진짜 담담해진 후라 하는 얘기지만…… 그러니까 독립을 하게 된 데는, 사실 그게 가장 큰 이유이긴 했다. 안 그래도 그를 만나기 전까지 연애를 한 번밖에 못 해 봐서인지 나도 모르게 전과는 다를 거란 기대가 좀 있었던 모양이다. 그리고 그게 끝났다는 생각에 잠시 자존감을 잃었던 것 같다. 전부터 틀어진 관계였는데도 그걸 인정하지 못하고 붙잡았다가 모진 소리를 들었던 것이다. 미련했단 생각이 떠나질 않는다.

휴대전화에는 그와의 통화가 일곱 차례나 녹음되어 있었다. 내 볼이 우연히 녹음 버튼을 눌렀던 모양이다. 그 속에서 우리는 억지로 통화를 하고 있었는데 내 목소리는 조금 불안하게 들렸다. 대화 주제를 맞추고 맞장구를 치느라 혈안이 되어 있는…… 30년을 산 여자의 불쌍한 목소리. 그것이 진짜 나인가? 나는 그 목소리로 그런 말을 했던 게 나라는 것이 싫었고 그러자 한 인간으로, 말하자면 정신적으로 독립하고 싶었다. 그리고 가족에 기대서는 오래 걸릴 것 같다는 생각이 들어 일단 물리적으로 혼자가 되어야겠다고 느꼈다. 지금부터 노력해도 이미 늦었다는 생각이 들기도 해 조급함까지 더해졌다. 마치 나 자신이 아기 같다는 생각이 드는 것이었다. 지금까지 이런 식으로 30년이나 살아서 이 모양이니 마치 처음부터 새로, 지금까지 내가 살아온 것과는 다르게 살아온 만큼 살아야 한다고 생각한 것이다. 내가 이런 인간으로 자란 것은 어쩔 수 없는 일이었을까? 같은 집에서 한 살 터울로 자란 언니는 저렇게 밝은데? 물론 셀카를 너무 많이 찍는 것도 병이라지만…… 누구에게 물어봐야 할지 모르겠다. 정말 나는 나로 살 수밖에 없던 것일까? 혹시 노력하면 언젠가 나는 지금과 다른 내가 될 수 있을까? 엄청난 노력을 하면? 그러니까……. 그러니까 도대체 어떤 노력?

10

안 좋은 소식을 하나 전할게. 얼마 전에 아버지가 다리를 다치셨어. 얘기를 안 해서 자세히는 모르겠는데 조합원 사람들하고 낚시를 갔다가 거기서 또 몇몇 사람들을 만난 모양이야. 오랜만에 배를 탄 데다 고기도 많이 잡고 신났다고, 매운탕을 끓여 먹고 가겠다고 전화한 게 오후 1시쯤이었나? 8시가 넘도록 안 오시기에 진짜 신나셨나 보다 했어. 그러다 9시 좀 넘어서 병원에서 전화가 온 거야. 급하게 형부랑 병원으로 갔더니 바로 수술을 해야 한다면서 사인을 하라는 거야. 발목을 절단했어. 대지도 선착장에서 가까운 산 아래 공터에서 지뢰를 밟았다는 거야. 오늘 오전에는 기자 둘이 다녀갔어. 게다가…… 그때 일어난 싸움 때문에 사람 하나가 죽어서 아버지를 참고인 신분으로 소환했어. 어떡하지? 아버지는 엄청난 실의에 빠져서 경찰서에 가지도 않고 자꾸 술만 찾아. 형부가 말려도 소용이 없고…… 언니도 어떻게 해야 할지 모르겠어. 이런 소식을 전하게 돼서 미안해. 네가 해 줄 수 있는 것도 없는데 괜히 걱정만 할까 봐 너 모르게 해결해야지 생각도 해 봤는데 너도 알고는 있어야 할 것 같아서. 덕순이 언니네 강아지 다리 하나 부러졌을 때도 울던 너니까. 근데 그 발목 지뢰가 신기한 게, 진짜 딱 발목까지만 날아가더라?

11

하루 종일 남자 생각만 하는 내게 언니의 메일이 왔다. 호들 갑 좀 떨지 마, 언니. 지뢰가 아버지만 봐줄 리 없잖아. 나는 생각했다.

12

잘 자고 일어났는데 아버지 생각이 났다. 아버지의 발이 보고 싶었다. 보고 싶었지만 나는 하니와 셀카를 찍으며 시간을 보냈다. 내 얼굴만은 도저히 찍을 수가 없었는데 하니로 내 얼굴을 삼분의 이쯤 가리고 찍은 사진들은 마음에 들었다. 하니는 예쁘다. 일전에 아버지에게 개와 같은 인간이 되고 싶다고 말한 적이 있다. 예쁘고 말이 없는…… 한쪽에서 그렇게 생각하면 되는 일은 자주 일어난다.

아버지는 내가 개가 되고 싶다고 말할 때마다 그래도라는 말을 떠올려 보라고 했다. 내가 가진 것들을 상기하고 긍정적으로 살아 보라고 한 말인 것 같다. 그래도 네가 개보다 나은 것들을 떠올려보라는. 그럴 때마다 나는

하지만 아버지. 그래도 저는 저에 대해서, 제가 되고 싶은 것에 대해서 잘 알고 있잖아요. 자기 자신에 대해서 모르는 사람

들이 얼마나 많은데요.

라고 말하곤 했다. 그러면 아버지는 더 이상 자기 생각을 강요하지 않았다. 그러고 보니 아버지도 내가 나에 대해 잘못 알고 있다곤 생각하지 않는 모양이었다. 별다른 말이 없었던 걸 보면?

13

아버지 말로는 내가 어릴 적에 또래 친구들보다 늦게까지 시계를 보지 못해 걱정이 많았지만 다행히 학교에 들어가면서부터는 공부나 집안일에 척척이어서 모든 우려를 불식시켰다고 한다. 아버지 외에도 몇몇 동네 어른들이 내게 똑똑해 보인다거나 예쁘다 하기도 했다. 똑똑하다는 것은 아니고 똑똑해 보인다는 것이다. 아저씨들은 내 눈과 눈 밑의 점이 좋다고 말했다. 얼굴이 점점 검어지는 데 점들이 한몫하는 것 같아 눈 밑에 있는 점을 빼고 싶은데 그게 매력이라고 말했던 아저씨들이 도대체 기억에서 잊히지 않아서 그것도 못 하고 있다.

오래 산 사람들로부터 예쁘다는 말을 들은 날엔 나는 왜 그들 눈에만 예뻐 보이는 걸까, 집에 와서 한참을 생각해 보곤 한다. 내 또래가 그렇게 말해 주면 좋을 텐데. 학원에 처음 출근한 날 처음 만난 아이 생각이 난다. 패션 디자이너와 모델이 꿈인 아홉 살 여자아이이었는데, 나를 잠시 관찰하더니 내게 예쁘다고 말했다. 내가 어디가 예쁘냐고 묻자 그 애는 눈이요, 하고 대답했다. 그 애는 지금도 종종 향수 뿌렸어요? 머리가 많이 길었네요? 같은 말들을 하곤 한다. 그 애는 착한 것 같다. 정말이지 나는 나지만 나조차도 이런 나를 서른한 살이라고 봐주기 힘들다. 나라도 좀 나를 인정해 줄 순 없을까! 8년 전쯤 쓴 글에 등장하는 상처받은 화자가 샤워 중에 자기 자신을 껴안으면서 '나는 착하다'라고 진술 한 적이 있는데 존경하는 소설가이자 교수가 그 다섯 글자를 칭찬해 준 적이 있다. 그 교수를 생각하자 부끄럽고 민망해진다. 지금의 나는 욕이나 먹겠지.

14

얼마 전 서른한 살을 맞아 사주를 봤는데 착하게 살라는 말을 들었다. 그런데 당신은 누군데 나에 대해 그렇게 말하는 거야?

15

주연아.

언니 메일을 읽은 거니? 답장이 없네? 수신 확인을 할 수가 없어 답답하구나. 무슨 일이 있는 거야? 아니면 뭐 기분 나쁜 거라도 있니? 마음이 답답하고 초조하니까 별생각이 다 든다. 실은 메일을 보내곤 곧바로 후회했어. 취소도 안 되고…… 이왕 알게 된 거 더 말할게.

여기까지 읽었을 때, 내게 어떤 의지가 있었다면 나는 메일을 읽지 않거나 삭제했을 수도 있었을 것이다. 하지만 더 말할 게까지 읽었다고 인식한 순간 내 눈은 이미 그다음 문장에 가 있었다.

어제 아버지가 피의자 신분으로 조사를 받았어. 도주나 증거 인멸의 우려가 없어서 구속 수사를 받을 필요는 없대. 발이 없다고 도망도 못 가나? 아무튼 아버지뿐만 아니라 아버지 일행 전체가 피의자가 된 것 같아. 처음에 서로 치고받고 할 때 아버지의 일행 모두가 그 사람을 때렸다는 거야. 한 대건 열 대건 어쨌든 모두 가담했다구. 갑자기 왜 그 사람을 패고 그랬는지는 모르겠어. 그런데 글쎄…… 첫 참고인 진술에서 어떤 아저씨가 사건의 최초 원인 제공자로 아버지를 지목했어. 그 아저씨 외에도 참고인 조사를 받은 모두 자기 잘못을 덮으려고 그랬는지 서로에 대해 불리한 진술을 해서 결과적으론 모두 피의자가 되어 버린 거야. 물론 아버지도 그랬지. 아버지가 어떻게 될지 모르겠다. 처음에 유일한 피의자로 지목됐던 아저씨가 말하길 누군가 찌르라고 했고 그래서 흥분한 채로 회칼을 들었는데 막상 자기보다 먼저 누군가 그 사람을 찔렀다고 말했대. 그런데 그 말을 한 사람도 먼저 찌른 사람도 바로 아버지라고 진술한 거야. 게다가 이번 참고인 진술에서도 또 아버지에게 불리한 진술이 나온 거야. 아버지가…… 죽이라고…… 그랬다고……. 그래, 그랬다고 치자. 그게 뭐 진심이었겠니?

모르겠어. 다들 취해 있었잖아. 막 싸우다가 피해자 몸에서 피가 튀니깐 사람들이 거기서 물러나거나 뭐 그랬나 본데…… 갑자기 퍽 하는 소리가 났대. 아버지 말로는 진짜 무슨 전쟁이라도 난 줄 알았다고 하더라구. 술에 취해서 제정신이 아니었나 봐. 아버지는 아버지대로 조사를 받고 있고 또 기관이랑 군인들이 여기저기 다니면서 지뢰 조사를 하고 있어. 얼마 전 폭우 때문에 산에 묻혀 있던 대인지뢰니 뭐니 하는 것들이 유실된 모양이야. 벌써 열두 발이 발견됐다고 하는데…… 그런 조사는 뭐 하러 해? 우리나라에서 언제 조사라는 게 제대로 이뤄진 적이 있기는 한 거니? 옛날에 산사태 났을 때도 유실된 지뢰들을 줍기만 했지 그다음에 뭐 없었잖아. 다 그때뿐이야. 죽은 사람만 억울하지. 그래 놓고 뭐 그리 잘났다고들 그러고 다니는지……. 다 죽여 버리고 싶어. 아버지가 변호사를 사고 싶어 하는 눈치인데, 형부는 어쩐지 망설이는 것 같아. 양쪽 눈치를 보느라 언니는 정말이지 곤혹스러워. 그저께는 형부가 처음으로 외박을 했는데, 뭐라고도 못 했어. 다행히 아이는 별문제 없이 잘 자라고 있대.

기도해 줘. 어서 일이 해결되고 너도 돌아와서 다 함께 웃으면서 고기를 구워 먹고 싶다. 언젠가 마당에서 고기를 구워 소주와 먹다가 너랑 둘이 배나무 아래까지 가서 아빠 몰래 담배를 나눠 피우던 때가 생각나. 바람에 배꽃이 날릴 때…… 그땐 정말 세상에 부러울 게 없었는데. 아버지는 구속될까? 아버지가 정말 사람을 죽인 거야? 그러면 언넌 어쩌지? 어떻게 살아? 내 생각엔 구속될 것 같아. 언니 이런 거 잘 맞히는 거 알지. 정말 불안해 죽겠어. 그런데 너 아직도 던힐 피우니?

16

언니.

17

언니, 하고 나는 또 한 번 모니터에 대고 언니를 불렀다.

18

어쩐지 일이 잘되지 않았다. 아무리 아이들이라지만 엄연한 인간이고 생각보다 어른 같은 애들도 많았다. 인간이 배워야 할 모든 것은 이미 유치원에서 다 배운 듯했다. 오늘은 그런 애들을 상대하기가 버거웠다. 아이들이 들어오면 인사를 하고 지난번에 어디까지 했는지 봐야 했는데 정신이 다른 데 팔려 있어서 아이들이 들어와도 그 애를 보면서 이름이 뭐더라 하고 있는 것처럼 가만히 있었다. 일대일로 앉아 있는 상황이라 몇 초만 말이 없어도 아이들은 나를 이상한 눈으로 쳐다봤다.

선생님. 기분이 안 좋아 보여요.

어…… 그래 보여?

네. 왜 그러시는데요?

글쎄. 못생겨서.

똑같으신데요?

그래도 기분이 그런 날 있잖아.

전 아직 그래 본 적 없는데요, 저희 엄마가 자주 그래요.

엄마?

네. 그래서 성형하고 싶다고 하는데요, 외할머니가 니 기분 탓이지 남들이 볼 때는 똑같다고, 하지 말라고 그러세요.

……

그러니까 선생님도 기분 푸세요.

그래.

나는 그 애에게 진심으로 많이 고마웠는데 나보다 스물한 살이나 어린 아이에게 내 감정을 어떻게 표현해야 하는지 몰라서 못 했다. 우리가 선생님과 학생 사이라는 점, 21년을 더 산 내가 위로를 받았다는 점, 그런 말이 내게 왜 그렇게나 큰 위로가 되었는지 설명할 수 없다는 점 등으로 인해서 그랬는데…… 그 애는 종종 거북이가 좋다거나 꿈이 소설가라고 말했다. 내가 그런 애를 가르치다니.

오후 3시가 지나자 차차 정신이 들어서 정상인 척 아이들과 수업을 했다. 와야 할 아이가 오지 않았고 새로운 아이가 왔다. 차가운 물을 정말 많이 마셨는데 화장실엔 몇 번 가지 않았다. 퇴근을 하고 집 근처 공원을 걸으면서 어떻게 살아야 하나 생각했다. 그 애에게 나를 들킨 것 같아 부끄러웠던 것 같다. 타인의 눈에 내가 사는 모습 그대로가 보인다면 나는 정말 예뻐 보일 수가 없겠구나 싶어 절망했다. 그리고 내가 똥까지 닦아 준 아이가 그만둔다는 말을 전해 들은 오후 4시를 복기하면서 그 애가 도대체 왜 그만둔다고 했을까 오래 생각했지만 알 수 없었다. 나 때문은 아니겠지? 나는 불안했다.

19

자기 전에 전화 걸어 그의 힘없는 목소리를 들었다. 왜 전화 했냐. 그냥 목소리 듣고 싶어서. 내 목소리가 싫다면서. 응. 근데 오늘은 듣고 싶네. 참 나. 그는 끝에 혀를 찼다. 별 그지 같은 대화가 아닐 수 없었다. 그가 돌아와 주기만을 바랐는데 이상하게 짜증이 났다.

20

내가 손이 많이 가지 않을 것 같아서 좋다는 그의 말을 들은 후로, 그에게는 어쩐지 내 얘기를 할 수 없었다. 그도 뻔히 힘든 일이 있었을 텐데 싶었고 그가 그런 얘길 나에게 잘 하지 않는 편이어서 나도 그런…… 어떤……. 이를테면 어른같이 행동해야 할 것 같았다. 그의 그런 점이 섭섭하면서도 좋았다. 또 다른 이유도 있긴 한데 그가 원래 내 이야기를 주의 깊게 살펴 듣는 편이 아니어서 그 내용이 어떤 슬픔과 관련된 것이었을 땐 위로는커녕 실망과 섭섭함이 커져 쓸데없는 싸움으로 번지기도 했기 때문이었다. 글 같은 걸로 고백하지 않으리라 다짐했지만…… 그래도 그는 내가 만난 모든 사람들을 통틀어서 가장 좋아하는 사람이다. 아버지. 그래도라는 말은 이럴 때 쓰는 것 같네요.

21

그래. 사실 언니는 너에게 화가 나 있어. 네가 일부러 그러는 거라고 확신하고 있어. 넌 마치 내가 힘들길 바라고 있었던 사람처럼 구는구나. 아버지가 구속되고 니 조카가 잘못되기라도 바라는 거야? 갑자기 왜 답장을 보내지 않는 건지 이제는 궁금하지도 않아. 하기 싫으니깐 안 하는 거겠지. 그런 거야. 다른 말들은 전부 핑계일 뿐이지. 나 같으면 호주가 아니라 북한에 있다고 한들 지뢰밭을 지나 임진강을 건너서라도 아버지와 너에게 갔을 거야. 알아듣겠니? 니가 어떤 앤지 알겠어? 총살을 당하는 한이 있더라도 난 강을 건넜을 거라구.

22

주연아. 언니가 미안해. 잘 지내는 거지? 혹시 너도 무슨 안 좋은 일이라도 있는 거야? 발신 취소를 할 수 있었다면 이런 상황은 오지 않았을 텐데.

23

언니에게 답장을 보냈다.

언니. 날 좀 내버려 둬. 그 말도 안 되는 비유도 마음에 안 든
다구. 궁금하지가…… 않다는 말이야. 그러니 내게 잘 지내느냐
고 묻지 마, 제발. 이런 내가 잘 지낼 리가 없잖아!

24

25

26

27

지난 몇 달 동안 나는 그가 잡히지 않길 바라면서 잡으려 했
지만 잡을 수 없었고 계속 학원엘 나갔다. 내가 똥을 닦아 준
아이가 다시 학원에 나오기 시작했고 나는 몸무게가 7킬로그

램이나 빠졌지만 여전히 뚱뚱했고 대학교수의 부친상에 갈까 말까 고민하다가 가지 못했고 몇 없는 친구들과 싸웠다. 나는 사후 장기와 조직 기증 서류에 서명했고 매일 몇 시간씩 버스 정류장 벤치에 앉아 있다가 아이들과 수업을 하고 돌아와서는 빨래를 돌려 놓고 하모니카를 불었다. 그 애는 돌아왔지만 학원 생은 점점 줄었고 친구들은 이사를 하거나 낙태를 했고 나는 전보다 가난해졌다. 그 몇 개월은 그렇게 지나갔다. 뭔가 이상했고 웃을 일은 없었다. 나는 시간이 많았지만 뭘 해야 할지 몰랐고 만날 사람이 없었고 그래서 시간이 날 때마다 나에 대해서 자꾸만 생각했으나 알아낸 것은 내가 나 자신을 싫어한다는 것과 그렇다면 나는 나를 잘 아는 사람이라는 것뿐이었다. 이미 알고 있는 것들이었다. 나는 무기력해졌고 내다보는 앞날이 짧았다. 다음 달엔 뭘 해야지, 올해가 가기 전에 뭘 해야지 하는 것들도 없었다. 그러자 전처럼 불안하지도 않았다. 성숙한 인간은 타인의 아픔이나 죽음에 대해 고민하지 자기 자신에 대해서 고민하지 않는다고 말한 철학자의 얼굴이 떠올랐다. 한 발자국 떨어져서 생각하면 그저 조금 안타까워하고 말 일을 나는…….

28

주연아.

주연아까지 읽었을 때 나는 울었다. 일단 운 건 어쩔 수 없고 그만 울고 싶었는데 그게 잘 안 됐다. 보는 사람도 없는데……
그래도 그만 울고 싶었는데. 오래 울었다.

오랜만이야.

오랜만이야까지 읽고 나는 더 크게 울었다.

29

보고 싶다.

30

밤을 꼴딱 새우고 학원에 도착했을 때 여덟 살인 여자아이가 문 앞에서 울고 있었다. 그 애는 엄마와 신경전을 벌이면서 점점 더 크게 울었다. 나는 학원으로 들어갔다. 10분이 지났고 다른 아이들이 자꾸 밖을 내다보며 누구냐고 물었고 왜 우느냐고 물었다.
뭐가 그렇게 궁금한 게 많아. 이거나 해.

라고 말했지만 나도 걔가 왜 우는지 궁금했다.

평소엔 호기심이 많아야 한다면서요.

나는 그 말에 대꾸를 하지 못했고 나가서 말했다.

제가 잘 데리고 들어갈게요.

나는 그 애를 안았다.

선생님이랑 한 바퀴 걷다가 들어갈까?

그 애가 고개를 끄덕여서 나는 눈물에 젖은 그 애의 작은 손을 잡고 오래된 아파트 상가를 한 바퀴 돌았다. 날씨가 좋았다. 우리는 마을버스 정류장 벤치에 앉았다.

선생님도 어제 울었다?

듣는 건지 마는 건지 믿는 건지 못 믿는 건지 상관없이 나는 고백했다.

진짜야. 어제 울었어. 사람들은 원래 다 울어. 그러니까 창피해 하지 않아도 돼. 울 수도 있지 뭐. 앞치마가 눈물 때문에 젖었네. 이거 마르면 들어가자. 날이 따뜻해서 금방 마를 거야.

왜 그랬지? 나는 정말이지 말이 많은 인간이 아닐 수 없다. 다시는 애들한테 이런 말 하지 말아야지, 나는 생각했다.

31

집에는 아무도 없었다. 나는 하니를 내려놓고 쓰레기장 같은 집을 둘러보았다. 하니가 여기저기를 쑤시고 다녔다. 하니야, 여기 재밌지?

언니는 만삭인 채로 배나무 아래에서 담배를 피우고 있었다. 언니는 거지같았다. 나는 언니와 집으로 돌아왔다. 며칠에 걸쳐 집을 치웠고 그사이 언니는 몸을 씻고 밥도 먹었다. 형부가 언니에게 준 안개꽃 다발은 집을 치우면서 버렸다. 내가 그 집에 머문 동안 아무도 집에 들어오지 않았다.

주연아. 이런 게…… 어려운 일이 아니다?
뭐가.
너랑 함께 있으니까 힘이 나는 것 같아.
무슨 힘이 나.
왜. 니 얼굴 보니까 이제 다시 잘 살 수 있을 것 같은데.
뭘 어떻게 잘 살아.
지금의 나를 세 번째 나라고 생각하면 되지.
언니.
진짜 나는 어디선가 되게 잘 살고 있는 거야.

나는 언니의 눈을 봤다.
아. 그리고 진짜 너도.

우리는 많은 밥을 먹고 담배를 나눠 피웠다. 언니는 담배를 피우자마자 이불 속으로 들어갔다. 먼저 잠든 언니를 나는 오래 바라보았다. 내가 언니, 하고 부르자 언니는 몸을 뒤척이며 부웅- 하고 길게 방귀를 뀌었고 하니가 고개를 들어 좌우를 살폈다. 나는 언니가 그동안 내게 보낸 메일들을 다시 읽으면서 앞으로는 절대 희망적인 글을 쓰지 않으리라 다짐했다.

수록 작품 발표 지면

윤희의 휴일 《2015 연희》 2015년.

모두 다른 아버지 《문학동네》 2016년 봄호.

에듀케이션 《21세기문학》 2014년 겨울호.

누나에 따르면 《세계의문학》 2013년 여름호.

선물 《세계의문학》 2012년 봄호.

몇 개의 선 『내가 태어나서 가장 먼저 배운 말』(한겨레 출판사, 2015).

우리가 이렇게 함께 《문예 중앙》 2012년 겨울호.

참고인 『첨벙』(한겨레출판사, 2014).

나는 잘 웃고 잘 운다.
그동안 나를 웃기고 울렸던 사람들에게 너무 고맙다.

우리는 모두 하나뿐인데
어떤 것이 내게 하나뿐이라고 생각하니 어쩔 줄을 모르겠다.

그리고,
네가 조금 더 오래 살았으면 해.

2017년 가을,
이주란

차갑고 치열한 심정으로

백지은(문학평론가)

불우한 환경에서 평범하게 자랐다

이 나라를 살기 좋은 곳이라 말하기는 좀 켕기는 것이 여름
엔 너무 덥고 겨울엔 너무 춥고 미세먼지 때문에 숨도 제대로
안 쉬어져서만은 아니다. 대놓고 '한국이 싫어서' 다른 나라로
이민이라도 떠나 보려는 사람들 말마따나 "뭘 치열하게 목숨
걸고 하지도 못하고, 물려받은 것도 개뿔 없"는 사람들은 이 나
라에선 "무슨 멸종돼야 할 동물"처럼 경쟁력 없는 것이 사실이
기 때문이다. 주위를 보나, 어디를 가나, 나를 포함한 나의 지인
들은 마치 "아프리카 초원 다큐멘터리에 만날 나와서 사자한테
잡아먹히는 동물"이 바로 자기인 것처럼 걱정하고, 불안해하고,
괴로워한다. 한국인 행복 지수가 어쩌고 하는 얘기를 하려는

건 아니지만, 확실히 불행을 불행으로 절감하고 불행으로 인식하는 사람들이 어느 때보다 적지 않은 시절이다.

그런데 그런 시절이고, 그런 곳이라면, 우리의 불행은 너무 흔하고 너무 평범한 것일까? 가령 "강남 출신이고, 집도 잘 살고, 남자인 너"에 비하면 "어차피 2등 시민"인 사람들이 너무 많으니*, 어지간하면 "나는 불우한 환경에서 평범하게 자랐다"고 말할 수밖에 없는 것인가? "어디 가서 한순간이라도 진짜 위로라는 것을 받으려면 나는 내가 살아온 삶보다 몇 배는 더 불우해야 했을 것"이라는 생각이 들기도 하니까 말이다. 이주란의 첫 소설집에 실린 여덟 편의 이야기들에는 이런 생각을 하는 사람들이 아주 많아 보인다. 현재로서는 "내가 할 수 있는 일이 살아 있는 것 말고 무엇인지", "그저 살아 있는 것, 그것밖에는 없"다고 생각할 만큼 힘이 빠졌으면서도, "나만큼 불우한 것은 너무나도 흔한 일이어서" 불행을 불행해하지도 못하는 사람들.

어쩌면 이들의 '평범한 불우'는, 아픔과 슬픔의 강도로 측정되는 고통의 세기라기보다 "부유하고 화목하게" 지낼 수 없는 우울한 기분에 불과한 것처럼 보일 때가 많은지도 모르겠다. 가령 (원래부터) 부유하지 못하고 (따라서) 화목하지 못한 가정의 일원으로 생계와 교우 관계와 사회 활동 등을 지속하는 생활에서 "어디서부터 뭐가 잘못된 건지 알 수 없었고 알고자 노력

---

* 여기까지 큰따옴표에 묶인 말들은 모두 장강명 소설 『한국이 싫어서』에서 인용.

했으나 나만 그런다고 해결되는 문제도 아니"라는 자각에 도달해 버린 정도의 기분이라면 '평범한 불우'라 할 수 있는 걸까? 아니, 결핍과 불화는 그다지 드문 것은 아니라 해도, 그것은 "살았다고 말할 수 있게 살고 싶"지만 도저히 그러지 못하고 있다는 불만족의 기분을 확대시킨다. 그리고 바로 이런 '결핍'이나 '불화'야말로 불우한 인생을 평범하게 만드는, 혹은 평범한 인생을 불우하게 만드는 주범이 아닐 수 없다. 물론 '평범한 불우'란 것이 진짜 있다면 말이다.

"내 인생은 내 인생이 아닌 것 같다"

자기 삶에서 원인과 유래를 찾아 바로잡기 어려운 불행이라면, 태어날 때부터 혹은 태어나기 전부터 그랬던 것은 아닌가? 이주란의 주인공들은 지나가면서 하는 말로라도 아버지 얘기를 빼먹지 않는데, 이를테면, 태어날 때부터 없었거나, 어릴 적에 돈을 다 가지고 집을 나갔거나, 가끔씩 집에 들러 가족들을 패는 두려운 대상이었거나, 어머니에게 빈대처럼 빌붙어 살았거나, 남을 때리든 자기가 다치든 싸움에 휘말리거나, 더러 가족의 방문을 받지만 가족을 위한 어떤 일도 하지 않겠다고 선언하는 그 '아버지(들)'과 이들의 현재가 무연(無緣)하지 않기 때문인 듯도 하다. 「모두 다른 아버지」에서는 내 어머니가 아닌 여자와 두 번 더 결혼한 아버지의 자식들이 함께 모인 자리에서 서로 다르게 기억하고 다르게 미워했던 (공동의) 아버지의 지난날을 반추하는데, 이제 자식들은 그 아버지에게 "사과도 못 받"게 되었지만, 자기도 아버지가 되어 아들을 학대하는 형제와 거의 아버지만큼 나이 많은 남자와 사귀는 자매의 모습에서 아버지 없이 자란 이들에게 아버지로부터 이어져 온 자리의 "묘한 기분"을 지우기는 어려운 것이다.

돌봄과 안식을 얻지 못했던 어린아이들이 어른이 되어 영위하는 일상은 가족 단위를 크게 벗어나지 않는 범위에 한정되기 쉽고, 그럴수록 어제 같은 미래, 오늘 같은 과거와 분리되지 않은 채로 현재를 지속하게 한다. 비교적 범상한 모습이라 할 만한 「우리가 이렇게 함께」의 가족에게서도, 이들 각자의 현재가 오랜 세월 가족들 사이에 쌓여 온 앙금을 녹이지 못한 것과 밀접하다는 느낌을 받는다. 「참고인」의 주인공은 불안정한 가족으로부터 독립하고자 외국에 간다는 거짓말로 집을 떠났지만 무기력을 이기지 못하고 가족(언니)에게로 돌아간다. 부모와 가정에서 겪은 결핍을 보상받고 싶은 심리인지 특히 여성 인물들은 보호와 안정을 남성-연인에게 갈구하는 모습을 보이기도 하는데, 부족한 애정이 충족되기는커녕 오히려 성적, 신체적, 심리적 학대로 이중의 고통을 겪는 양상이 자주 등장한다.

이와 같은 가정사가 예외적인 사고나 극적인 재난 또는 역사의 굴곡처럼 심대한 불행은 아닌 것일까. 그렇다고 어디 가서 위로 받기도 힘든 "너무나도 흔한" 불행이라고만 할 수 있을지. 「윤희의 휴일」에서, 한날한시에 사고로 부모님을 잃은 윤희는 장례식장 앞에서 만난 남자의 애정 공세에 바로 결혼까지 했으나, 이혼 후 "서울에 올라와 번 돈 전부를 전남편의 빚을 갚는 데 써 버"리고는 추어탕집에서 서빙을 하며 딸과 함께 단칸방에서 살고 있다. 고된 노동으로 몸을 쉴 시간도, 아홉 살 딸을 보살필 시간도 없이 하루하루가 힘든 그녀에게 집주인 80대 할아버지의 치근덕거림은 스트레스를 넘어 압박과 위협이다. "모든 것이 겁났"고, "이대로 사는 게 싫으면, 그러면 죽는 수밖에는 없겠"다고 생각한 윤희의 앞날은 "아무도 없고 깜깜한데 긴 길"이기만 하다. 「선물」의 자매는 어떤가? '아버지의 가출―아버지의 살인미수와 죽음―어머니의 방화와 자살―언니의 불구됨'으로 연쇄된 극한 사건들 이후, 집 안에 틀어박힌 자매는 그저 음주와 주사로 세월을 견디(지 못하)는 중이다.

그렇다고 이주란의 인물들이 늘 신음 소리를 달고 산다거나, 툭하면 성난 행동을 한다거나, 아무 때나 불안을 토로하는 타입은 아니다. 그들은 비극의 주인공 행세를 할 마음이 별로 없다. 불안과 두려움이 커질수록 "삶에 간절한 것을 갖지 않는 태도"는 완강해진다는 듯, 삶이 힘들수록 "하다 보면 아무 생각이 안 드는 것"만을 동력 삼아 살아 낼 수 있다는 듯, 대체로 그들은 초연하게 군다. 설마 이들이 자기 불행에 대해 스스로 거리를 두어 객관화할 수 있을 만큼 성숙한 사회적 자아를 가져서일까? 전혀. 생활력은 약하고, 사회성은 부족하며, 평범한 일상이라 할 만한 것도 가지지 못한 이들이 이주란 인물의 거의 전부다. 그럼에도 이들이 자기 자신의 불행에 대해 다소 무감해 보였다면, 어디서부터 유전되고 전염되었는지 모를 불행의 기원과 발생에 어떻게 대처해야 할지 알 수 없기 때문일 것이다.

이들은 무엇이 좋고 나쁜지 측량하지 않고, 득이 되는 것을 위하거나 실이 되는 것을 피하지도 않는다. 힘든 일이 일어나지 않아서가 아니라 일어난 일에 어떻게 맞서야 하는지 몰라서다. 때로 이들은 자기가 처해진 급박한 상황에서 물색없이 나태하게 구는 것 같고, 어디를 봐도 만만할 수 없는 세상에서 마냥 방심해 버리는 것 같다. "얼마 전에 나는 서른한 살이 되었는데 그냥 스물한 살이라고 해도 이상하지 않을 것 같다"며 "나이에 맞는 행동을 해야 하는 게 아니라 행동에 맞게 나이를 정했으면 좋겠다"고 말하기도 하는 이들은, 어른답지도 아이 같지도 않은 채로 "시간은 이상하게 흘러"가도록 두어 버린다. 무기력한 듯, 권태로운 듯, "미래를 멀리 보지 않는 편이어서 막 사는 것처럼" 보이는 사람들. 어쩌면 이들의 가장 큰 불행은 "내 인생은 내 인생이 아닌 것 같다"는 느낌, 그것일지도 모른다.

"달아나려 하면 그 자리"

　내 인생만 유독 고달프고 어려운 것 같은데 나는 그것을 감당할 자신이 없으니 내 인생을 내 것으로 하고 싶지 않을 수도 있다. 이것은 나약한 무기력이다. 내 인생이 고달프고 어려운 것은 내가 책임질 수 있는 문제 때문이 아니라 내 외부의 원인 —가정환경이나 불가피한 사고 등—이므로 내 인생의 주인이 나라고 할 수 없다고 생각할 수도 있다. 이것은 비겁한 무책임이다. 이런 무기력과 무책임은, 누구의 인생에나 끼어들 수 있고, 누구나 각자의 인생에서 스스로 극복해야 할 문제일 것이다. 한데, 이주란의 인물들을 보자면, 그것이 과연 개인적으로 발생하고 개인적으로 처리 가능한 문제이기만 할까 하는 생각이 든다. 나약하지 않고 비겁하지 않은, 멋지고 근사한 인생을 이들은 어디서, 어떻게, 만나볼 수나 있었던가. 나도 무기력하고 무책임하지만, 나와 우리 가족과 우리 동네 사람들도 대개 내 인생과 별로 다르지 않은 것 같다. 내 인생은 나의 인생이 아니라 나'들'의 인생인 게 아닐까?
　이 소설집의 이야기들에는 인물들의 생활 반경을 가늠케 하는 표지가 자주 명기되어 있다. 서울 서쪽 끝의 지하철역 이름이나 김포, 강화, 파주 등의 지명이 등장해서 실제 그 지역의 풍경을 끌어 오고, 대도시의 변두리 동네나 서울 인근 지역 중 군 단위 정도의 작고 오래된 동네의 정체된 분위기를 환기시키곤

한다. 집진 장치도 없는 공장 천지의 마을(「에듀케이션」), "지리적으로 북한에 가까운 군사 지역"(「선물」) 등 각 이야기마다 배경이 되는 지역은 상이하고 그 지역에서 벌어지는 일들이나 이야기 속 사건이 지역과 관계되는 양상을 모두 유사하게 취급할 수는 없다. 하지만 이를테면 「누나에 따르면」의 공간적 배경인 섬처럼 여관이 두 개쯤 있고 카페 대신 다방이 있고 동네 슈퍼에서 소주를 사서 여관에서 마시는 일이 다방 아줌마에게 핀잔거리가 되는 지역에서의 삶에 대해 새삼 또렷하게 상상해 보지 않을 수 없는 것이다.

이곳은 간간이 '뻥!' 아니면 '쾅!' 하는 굉음이 들리면서 창문이 산산조각 나는 동네, "바다를 따라 군인과 경찰들이 각각 경비를 서거나 순찰을 돌고 있"는 섬 마을이다. '세계로 뻗어가는 도시'의 기치를 내세워 화려한 도시적 삶을 추구하는 트렌드가 근래에는 전국 방방곡곡으로 뻗치는 중이지만, 그런 시대 분위기와는 전혀 무관해 보이는 이곳은 문명과 편리에 뒤처질 뿐만 아니라 주민의 안전도 보장되지 않는 낙후된 지역이다. 누군들 이보다 '살기 좋은 동네'에서 살 수 있기를 원치 않을 리 없겠으나, 이곳에 사는 이들은 대부분 "여기서 태어났고 여기서 자랐고 여기 살고 있으니까. 죽어도 여기서 죽을 분들"이다. 모두 같은 학교를 졸업한 동창생처럼 비슷하게 생각하고 비슷하게 살아가는 이들은 좁은 동네에서 타인의 시선을 피하지 못하는 데 괴로움을 느끼면서도 이곳을 떠나 낯선 동네에서 사는 것은 영 자신 없어 한다. "달아나려 하면 그 자리, 달아나려 하면 그 자리"*인 사람들, 시쳇말로 '흙수저'라고도 불리는 이들이 이주란의 소설에서는 다른 무엇보다 주거 지역과 밀접하다는 사실은 간과되기 어렵다.

그래서 이런 얘기도 지역 간 계층 차이와 그로 인한 차별을 의식한 말처럼 들리게 된다. "긴 연휴인데다 날씨가 좋아서 인천공항이 여름 성수기 때만큼 붐비고 있다는 소식이 들려왔다. 그것은 늘 일어나는 일이었고 내가 싫어하는 뉴스였다. 그제는 강남구청역에서 일어난 폭발물 오인 소동에 관한 뉴스를 들었고 그러자 기분이 슬쩍 좋아져 종일 기운이 나기도 했다." 이런 생각은 권리와 기회에 암묵적으로 존재하는 사회의 불평등을 이미 알고 있는 이가 했을 터였다. 그리고 이는 역으로 그가 자기 자신의 욕망과 행위를 추구하거나 또는 단념하는 데 작용하는 불평등을 거의 선험적인 것으로 받아들였다는 뜻이 아닐까? 그랬기에 이들은 (불행한) 인생을 자기 것으로 느끼지 않았던 것이겠다. 이들이 인생에 대해 무기력하거나 무책임한 것처럼 보였다면, 자기가 겪는 불행의 출처가 자신이 아닌 것 같아 불행의 주체 혹은 주인이 자기라고 생각할 수 없어서가 아니었을까. 그러고 보니, 이들은 불행을 느낀다기보다 아는 듯했고, 불행을 극복하려 하기보다 더불어 살려고 하는 것 같았다.

* 이주란, 「빙빙빙」, 2015년 《작가세계》에 발표된 단편소설. 이 책에는 수록되지 않았다.

어쩌면, 자기 인생을 원망하거나 스스로 절망에 빠져 허우적대지 않는 것처럼 보여서 다행일지도 모르겠다. 그런데 자기 삶에 대해 타인의 이해를 구하지 않고 타인의 삶과 화합을 도모하는 일도 드문 이들이 자책을 한다. 불행을 절망스러운 고통으로 받아들이기보다 수치스러운 불운으로 바라보려 하고, 불행한 '나'를 연민하기보다 혐오해 버린다. "나는 세상의 모든 사람들 중에 나 자신이 가장 싫다", "나에 대해서 자꾸만 생각했으나 알아낸 것은 내가 나 자신을 싫어한다는 것과 그렇다면 나는 나를 잘 아는 사람이라는 것뿐", "그 과정에서 내가 깨달은 것이 있다면 내가 나 자신과 가족을 포함한 모든 인간을 싫어한다는 것과 따지고 보면 모든 것이 내 잘못이라는 것이었다.", "윤희는 자책을 많이 했다. 화가 날 때도 자책했다." 등등. 거의 모든 이야기의 문면에 자기혐오와 자책의 말들이 가득하다.

자기와 주변이 겪는, 일견 '평범한' 듯한 불운이 이른바 '흙수저'로 강등된 계급이 당하는 피해의 일부임을 자각했으면서도, 이들이 혐오와 수치심을 거두지 못하는 까닭은 무엇인가. 이 세계는 권리와 기회의 불평등이 '마치 선험적으로 주어진 듯한' 사회라는 사실을 이들도 안다. 하지만 그런 앎과는 별개로, 연속되는 삶의 시험에 대처하며 나날의 도전을 이어가는 과정은 결국 개개인의 자신감이나 성실성 등의 능력에 달린 것처럼만 보이지 않는가? 우리에게 주어진 일과란 누구도 무엇도 탓할 수도 없게 내 앞에 도착한 고난일 뿐이고, 그렇다면 그 고

난은 사회의 주요 의제로 간주되지도 않은 채로 이들처럼 강등된 계급이 감내해야 하는 부당한 상황이라 밖에 말할 수 없다. 이런 상황에서 자책과 자혐은 개인이 자기 자신의 능력에 대해 느끼는 회의감이자 사회의 질서 속에서 개인이 취하는 일상의 태도라고 해야 할 것이다. 그리고 그 태도를 구현하는 행위로, 이들은 날마다 술을 마신다.

취한 말〔言〕들의 시간*

"술을 본격적으로 마시기 시작한 것은 열일곱 살 때"였고 그 후 술이 좋아서 술자리는 빠지지 않고 약속이 없는 날엔 집에서 소주를 두 병쯤 마신다. 서로 다른 어머니와 같은 아버지를 둔 남녀 넷은 "모두가 술을 잘 마신다는 사실이 좋았다."(이상 「모두 다른 아버지」) "세 병쯤 마시면 취하는데, 정신을 잃고 싶어 두 병을 더 마신다.", "잔뜩 꼬인 혀"로 소리 지르거나 야윈 몸을 흐느적대거나 간헐적으로 박장대소한다.(이상 「선물」) 또 한 번의 짝사랑이 끝나도 마시고(「누나에 따르면」), 매일 밥이나 하다가 죽는 건 아닌가 싶어 많이 마신다.(「에듀케이션」) "어릴 때부터 늘 함께 술을 마시곤 했"던 형제와 사촌들과 동네 친구

* 2000년에 제작된 바흐만 고바디 감독의 이란 영화 「취한 말들을 위한 시간(A Time for Drunken Horses)」이라는 제목을 수정하여 사용했다.

들이 있고, 누구를 어쩌다 만나건 거의 매일 만나건 술을 찾고 취할 때까지 마신다. 이주란의 소설에서 술이 한 번도 안 마셔진 적은 아직 없다.

이들의 술은 흥을 돋우는 술이 아니라 시름을 재우는 술일 것이다. 부모 없이 남은 두 자매가 모든 인간 관계를 끊고 칩거하며 거의 술만으로 나날을 지내는 이야기인 「선물」은 이주란의 첫 소설이자 술 마시는 인간(들)의 한 지독한 사례. 어머니의 방화와 자살 이후, 한쪽 다리를 잃은 언니와 집을 처분한 돈을 똑같이 나누자고 말했던 동생 '나'는 군사 지역 시골 마을에서 살고 있다. 생필품이나 술을 사러 가게에 나가는 일 말고는 누구와도 교류하지 않고, 각자의 방이나 동네 인근에서 각자 행하는 상대의 일상에 대해서도 서로 알지 못한다. 취식도 거의 거른 채 각자 술을 마셔대는 게 일이지만 가끔 둘이 함께 마실 때도 있다. 그런 땐 이런 장면이 벌어진다.

언니와 술을 마신다. 나는 정신을 차리려고 노력한다. 언니는 다시 방으로 들어갔다가 목사님이 주셨다며 커다란 배를 두 개 가지고 나왔다. 언니가 두 개의 배를 양 가슴에 가져다 대면서 언니의 가슴이 이만하니? 하고 묻는다. 나는 언니의 가슴을 본다. 언니는 블라우스를 벗고 배를 깎는다. 블라우스 안에는 아무것도 없다. 언니는 걸레 같은 긴 치마만 입고서 배를 깎는다. 언니의 마른 손가락 사이사이로 배즙이 흘러내린다. 언니가 내게 배를 권한다. 나는 그것을 받아먹는다.

—「선물」에서

　술로써 흐느적대는 이들의 취한 몸과 '취한 말[言]'은 현재를
참는 것일까, 과거를 버리는 것일까. 자기를 부정하는 것일까,
세상을 경멸하는 것일까. 인생을 포기하는 것일까, 극복하는 것
일까. 어쩌면 이 모든 것이고, 어쩌면 이 중 하나만은 아닐 것이
다. 다만, 술을 마심으로써 이들은 이성을 마비시키고, 질서를
망각한다. 그럼으로써, 자기가 놓인 세상과 세상 속에 놓인 자
기를 동시에 비이성과 무질서로 교란시킨다. 그러면 조금쯤 술
로 어질러진 세상은 무의미한 것이 되고, 술로 도취된 자기는
평범한 것이 되어 간다. 고통에 대한 자책과 자기혐오가 술을
찾는 심리의 근원에 있었다 해도, 술과 함께 이들의 고통이 조
금씩 잦아들 때 이들은 세상을 덜 증오하고 자기를 덜 경멸할
수 있다. 술을 찾는 이들에게, 술을 마시며 시간을 감내하는 이
들에게, 술은 포기와 좌절을 권하지 않는다. 술을 마셨더니 상
처가 더 아프게 느껴졌다 해도, 그건 술이 상처를 상처로 대접
해 주었기 때문이다. 술은 마시는 이들을 덜 힘들게 하고 계속
살게 한다.
　불우와 고통 속에 놓인 이들이 고작 위태로운 술꾼이 되고
마는 것보다는 차라리 위협적인 싸움꾼이 되는 게 낫지 않겠느
냐고 누군가는 말할지도 모른다. 하지만 자기 삶을 원망하지도

않고 타인에게 자기의 구원을 맡기지도 않으며 인생을 견딜 때, 술이든 무엇이든 그것으로 무모한 증오와 경멸을 덜고, 포기와 좌절의 유혹에 지지 않는다면, 그것은 마취제가 아니라 버팀목에 가까운 것이다. 누구라도 때로는 취한 몸과 취한 말의 시간을 원하는 것은, 그것이 불온하거나 위협적이어서가 아니라, 아직 주저앉지 않았고 아직 웃을 수 있다는 것을 나와 남에게 보임으로써 약간의 위안 같은 걸 얻을 수 있어서가 아닐까. 이때 얻어진 위안만으로 삶에 대한 성숙한 태도나 섬세한 감성을 지니게 되는 건 아니겠지만, 다만 이주란의 인물들에게 슬며시 내비치는 어떤 비감은 이런 것이다. 나의 죄와 당신의 이름과 그날의 공기를 나는 여전히 기억하고 있다는 것, 그것은 "느끼는 것이 아니라 가지는 것"인데 나는 여전히 놓을 수 없다는 것.

자책에서 죄책감으로

태어날 때부터 경쟁력이라고는 없었고 살아가는 내내 불우한 환경을 벗어나지 못한 사람들이 자기 인생에 대한 절실한 원망(願望/怨望)도 없이 술을 마시며 인생을 버틴다고 해서, 이들이 아무 죄도 짓지 않았고, 오로지 피해자일 수는 없다. 불행의 조건과 원인이 자신에게 있지 않다 해도 이들이 분노와 공격보다 자책과 자기혐오로 회피한 것은 도덕성 문제가 아니라 나약함 때문이리라. 이들 자신도 물론 그것을 알고 있다. "나는 나 때문에 일이 크게 잘못된 몇몇 경우를 기억하고 있다. 그럴 때는 복잡하게 생각할 것 없이 '모든 게 나 때문이다' 그렇게 해 버리면 마음이 편했다. 그다음부터는 미안해하기만 하면 되었다. 그러나 많이 미안해하면 죄책감을 가지게 되므로 조금만 미안해해야 했다." 말은 이랬지만 사실 죄책감을 의식하는 미안함이란 '조금만 미안'해도 이미 자기 마음이 편할 수는 없는 감정 아닌가.

「몇 개의 선」의 주인공은 이런 감정으로, 10여 년 전쯤 같은 동아리에서 한 계절을 함께 보낸 동기에 대한 기억 혹은 해명에 시도/실패하는 이야기를 꺼내 놓는다. 그 동기는 지나치게 말이 없고 사람들과 친근하게 어울리지 못하는 타입이어서 '나(와 우리)'는 대개 그를 핀잔하거나 면박주곤 했더랬다. "나는 가끔 너무나도 뚫어지게 눈을 마주치는 그가 부담스러웠다." 언젠가 한번은 내가 너무 거칠게 그의 제안을 거절하자 무안했을 그가 혼자 어딘가로 가 버렸는데, "그러자 나 역시 그 자리에 혼자 남겨지게 됐다는 걸", 나는 이제야 안다. "그는 자주, 멋지게 늙고 싶다고 말했"지만, 영원히 그럴 수 없게 되었다. 군대에서 갑작스럽게 죽은 그의 장례식장에, 낮의 생일 파티에 입고 나간 옷차림 그대로 참석했던 나는 이후 "여러 번 그날의 나를 참을 수 없었고 그럴수록 내 모습이 선명해져 괴로웠다."

누구의 인생에나 잘못은 있고, 아무도 타인의 고통에 대해

결백할 수는 없다. 이 사회의 공고한 구조 속에서 제 인생을 피해자의 위치로 이해할 수밖에 없다 해도, 그리고 그런 상황을 원망보다 자책으로 모면해 왔다 해도, 이들이 세상과 대면하는 순간들이 다 공정한 것, 정당한 것은 아니었을 것이다. 「몇 개의 선」의 나는 "그가 살지 않은 시간을 내가 사는 것이 이상하게 생각되었고 이 세상에 그가 아니라 내가 없어야 할 것 같다는 생각이 자주 들었"으므로, "2년 전부터 시간을 들여 그 봄의 기억들을 노트에 옮겨적"는다. 바로 이로부터 이 소설집의 이야기들이 시작되었다고 하겠다. 타인에게 자기가 잘못한 순간 — 실은 정당하지 못하게 형성돼 버린 관계망 위에서 자기도 결백할 수 없었던 순간 — 을 기억하고 헤아리는 일, 그 일이 시작되자 어느 날부턴가 쓰지 않을 수 없었던 어떤 "해명" 같은 이야기, "누군가는 일기인 줄 아는 그런 글"이 쓰인 것이다.

나의 모든 불행을 나에 대한 미움으로 돌리는 자책감에서 타인의 어떤 불행은 내가 가져야 하는 죄책감으로 옮겨지는 때, 이들의 이야기가 시작된 것이라고 말해 봐도 되지 않을까. 이주란의 '평범하게 불우한' 인물들의 이야기가 이주란의 특별한 이야기로 들리는 지점이 바로 여기다. 내가 겪는 어떤 결핍과 고통, 혹은 만족과 환희조차, 오직 나로부터 혹은 오직 나에게로 모아지지 않는다는 깨달음이 또 다른 관찰과 통증으로 이어지는 지점. 그건 이를테면, 사람은 누구나, 그러니까 "우리는 좋은 사람이 아닐 수도 있었다."라거나, 그러므로 우리는, 그러니까 "사람은 누구나 죽어야 한다고 생각한다."고 하는 말들에 배어 있는 어떤 날카로운 내성(內省)인데, 그걸 또 바꿔 말해 본다면, 이 세상에 속한 인간이 끝내 놓을 수 없고 놓아서도 안 되는 어떤 '겸허함'이라고도 할 수 있을 것 같다. 겸허함. 누구나 살기 좋은 곳이라고 말하긴 여전히 힘든 이 사회에서, 자기와 타인에 대한 미움을 거두고 불행을 평범하게 받아들이려는 차갑고 치열한 심정.

모두 다른 아버지

1판 1쇄 찍음 2017년 9월 15일
1판 1쇄 펴냄 2017년 9월 22일

지은이 이주란
발행인 박근섭·박상준
펴낸곳 (주)민음사

출판등록 1966. 5. 19. 제16-490호
주소   서울시 강남구 도산대로1길 62(신사동)
          강남출판문화센터 5층(06027)
대표전화 515-2000 | 팩시밀리 515-2007
홈페이지 www.minumsa.com

ISBN 978-89-374-3410-5 (03810)

* 이 책은 서울문화재단 '2017년 첫 책 발간 지원사업'의 지원을 받았습니다.